강원도 마음사전

김도연 글 * 김동선 그림

작가의 말

　대관령 고향집에 가면 내가 태어나 자란 집이 있다. 물론 예전처럼 사람이 살지 않고 헛간으로 사용하고 있지만. 정지(부엌)는 아예 허물어 버려 된(뒷마당)이 된 지 오래다. 가끔 고향집에 가면 오후의 햇살이 좋은 그 뒷마당에 앉아 어린 시절을 떠올리곤 하는데 당연하게 사라진 풍경도 함께 따라 나온다. 사라진 말도.

　나는 엄마와 아버지, 그리고 형, 누나들을 따라 안방과 윗방, 정지, 마구(외양간), 고간(곳간), 정낭(화장실), 샘물을 오가며 말을 배웠다. 울타리 주변의 앵두나무, 신배(돌배)나무, 개복숭아나무, 꿰(자두)나무 아래에서 놀았다. 개, 소, 닭, 토끼, 돼지, 염소와 한 울타리 안에서 살았다. 강냉이밭, 감자밭, 콩밭, 당귀밭, 당근밭으로 농기구를 들고 가며 툴툴거렸다. 그러면서 어느덧, 나무보다는 훨씬 느리지만 키가 커 가고 있다는 걸 알아차렸다. 집을 떠나야 할 시간이 된 것이었다. 새로운 말을 찾아서.

　이 산문집은 강원도 대관령에서 나고 자란 한 소설가가 사라지고 잊혀 가는 그 말들과 풍경을 찾아가는 여정의 기록인데, 나에게 집 안과 집 밖의 말을 처음 알려 준, 아직도 고향집을 지키고 계신 부모님께 새삼 고마운 마음을 전하고 싶다. 두 분이 안 계셨더라면 나는 지금도 벙어리로 살고 있을 것이다.

2022년 11월
김도연

* * *

차 례

* * *

＊ ＊ ＊

1부

강냉이밥 먹는 꿈을

＊ ＊ ＊

* * *

2부

속초의 북쪽 사람들에게

* * *

＊ ＊ ＊

3부

소는 가장 하기 싫은 숙제였다

＊ ＊ ＊

강원도 마음사전

프롤로그

사라져 가는 말을 찾아서

사라져 가는 말을 찾아서

농기구 중에 가장 많이 쓰는 걸 꼽으라면 아마 호미, 낫, 괭이, 쇠스랑, 삽 정도일 것이다. 물론 이게 전부는 아니다. 우리 사회는 오랫동안 농업을 위주로 한 삶이었기에 다양한 농기구들이 존재한다. 그 중 국어사전에 없는 말이 거릿대다. 거릿대는 삼지창처럼 생겼는데 쇠스랑과 단짝을 이룬다. 쇠스랑은 삼지창 모양의 거릿대를 기역자로 구부린 모양이다. 둘 다 뿌리작물을 캘 때 주로 사용한다. 당귀나 강활, 천궁, 황기 등등의 작물이 그것이다. 또 외양간에 쌓인 소똥을 치거나 두엄더미를 지게에 담을 때 사용하는 유용한 농기구다. 그런데 쇠스랑은 있는데 왜 거릿대란 말은 국어사전에 등재되지 못하고 강원도 사투리로 취급받는지 나는 아직도 이해할 수가 없다. 거릿대를 대체할 표준어도 없으면서.

기억 속의 어린 시절을 돌아보면 그렇게 사라진 말들이 한두 가지가 아니다. 표준어의 필요함을 모르지는 않지만 그럼에도 표준어에 밀려난 수많은 사투리들을 생각하면 마음이 짠해질 때가 많다. 더욱이 그 말들이 나의 소중한 기억들과 연결돼 있을 때는 더더욱 안타깝다. 어쩌겠는가. 그게 변방에 살았던 사람들의 슬픔인 것을. 대관령 고향집을 찾아가 나이 드신 부모님이 나누는 대화를 듣다 보면 그 사라져 가는 말들이 가끔씩 튀어나온다. 나는 그 즉시 휴대폰을 열고 메모장에 그 낱말을 기록한다. 그리고 그 낱말을 오래 들여다본다. 어떤 이야기가 새어 나오길 바라며.

어린 시절 시골집에는 마당이 두 개 있었다. 우리는 뒷마당을 '된'이라 불렀다. 다른 지역에서는 '뒤란'이라고도 부른다. 앞마당이 개방된 공간이라면 된은 가족들만의 공간이었다. 굳이 남들에게 보여 주기 싫은 일은 된에서 했다. 된에는 빨랫줄이 있고 장독대와 절구통도 있었다. 폭설이 내린 어느 겨울엔 친척들이 산에서 포획해 온 놀갱이(노루)를 된에서 몰래 잡아먹은 적도 있었다. 된은 아무나 쉽게 들어갈 수 없는 은밀한 공간이었기에 여름밤엔 커다란 고무 구박에 물을 담아 놓고 누나들이 목욕을 하기도 했다. 나는 그 아늑한 된에서 빨갛게 익은 앵두를 따 먹곤 했었다.

앞마당 구석에는 정낭(변소)이 있었다. 두루마리 휴지가 대중화되기 전 정낭에선 얇은 달력 종이를 휴지 대신 썼다. 재래식 정낭이었기에 깨끗하다고 할 순 없었다. 볼일을 다 보면 작은 삽으로 재를 떠서 그 위에 솔솔 뿌렸는데 은근 재밌었다. 부모님에게 꾸중을 들은 날의 정낭은 나의 어떤 안식처가 되기도 했다. 나는 다리가 저려 올 때까지 훌쩍거리며, 볼일을 모두 본 뒤에도 앉아 있었는데 그러고 나면 이상하게도 마음이 개운해졌다. 밤

에는 성냥을 가져가 촛불을 켜 놓고 볼일을 보았던 곳이 바로 정
낭이었다.

이 집에선 남자들의 수염을 쐬미라 불렀고 엄마는 아버지의
쐬미가 길어지면 쐬미 좀 깎으라고 목소리를 높였다. 그러면 아
버지는 면도칼을 가죽에 썩썩 갈아서 비누 거품이 묻어 있는 턱
과 코밑의 쐬미를 깎았다. 나는 조마조마한 마음으로 아버지의
아슬아슬한 면도 장면을 훔쳐보았다. 혹시라도 날카로운 면도날
에 살이 베이지는 않을까 걱정하며. 나도 어른이 되어 턱에 쐬미
가 나면 꼭 저렇게 해 보겠다고 다짐했었지만 불행하게도 어른
이 되니 일회용 면도기의 세상이었다. 이발소에나 가야 그 면도
칼을 볼 수 있었다.

손톱깎이마저 귀하던 시절이 있었다. 당시엔 쓰미끼리라고
불렀던 손톱깎이가 혹시 있다 하더라도 거친 농사일로 손발톱이
두꺼워진 아버지에겐 소용없는 물건이었다. 그래서 아버지는 가
새(가위)로 발톱과 손톱을 잘랐는데 내가 보기엔 참 무지막지했
다. 직접 자를 수가 없어 엄마가 대신 잘랐는데 그 광경을 지켜
보는 것도 무척 신기했다. 집 안에서 가새의 쓰임새는 많고 많았
다. 벅(부엌)과 방, 마당을 수시로 들락거리느라 무척 바빴는데
당연히 행방을 감출 때도 많았다. 막상 필요할 때 없으면 우리
가족들은 가새를 찾아 온 집 안을 뒤지는 소동을 벌였다. 그런데
어느 날 발톱을 자른 가새로 엄마가 김장 김치를 자르는 걸 보고
나는 한동안 김치를 먹을 수 없었던 적도 있었다. 엄마는 깨끗하

게 씻었다고 목소리를 높였지만.

산골짜기 외딴 이 집에선 겨울에 토끼를 잡는 데 쓰이는 가느다란 철사로 만든 올가미를 옹누라 불렀다. 아버지는 눈이 그치면 미리 만들어 놓은 옹누를 가지고 눈 덮인 산으로 들어갔는데 가끔 지겟가지에 토끼를 매단 채 집으로 돌아왔다. 엄마는 그 토끼를 손질해 도마에 올려놓고 식칼로 다지고 또 다졌다. 뼈와 함께 다진 토끼 고기를 두부와 섞어 반대기로 만들어 번철에다 지졌는데 그 맛이 일품이었다. 술안주로 제격일 듯한데 나는 아직 술을 마실 나이가 아니었다. 토끼 반대기는 겨울날 집에 술손님이 찾아오면 내놓는 귀한 음석(음식)이었다.

춥고 눈이 퍼붓고 바람이 사나운 대관령의 겨울이지만 간혹 봄날처럼 따스한 날도 있었다. 그날이 장날과 겹치면 엄마는 장에 가서 겨울철 별미인 냉미리(양미리)와 도루매기(도루묵)를 사오곤 했다. 새끼줄로 엮은 냉미리는 보통 헛간 벽에다 걸어 놓는데 당연히 나의 눈에서 벗어날 수 없었다. 얼어붙은 개울에 안질뱅이(썰매)를 타러 갈 때면 나는 항상 냉미리와 성냥을 챙겨서 나갔다. 꽁꽁 얼어붙은 마을의 개울에서 안질뱅이를 타다가 지치면 아이들과 함께 얼음장 옆 장광(돌이 널려 있는 물 옆의 공터)에 황데기(일종의 모닥불)를 피웠다. 그 불에 몸을 녹이다가 알불이 나면 냉미리를 꺼내 구워 먹었는데 그 맛을 대체 무엇에다 비교한단 말인가. 그렇게 배를 채운 뒤 다시 안질뱅이를 타고 얼음 위를 달렸다.

어린 시절, 그러니까 우리들은 부모님에게 배운 말들을 익히며 세상을 배운 것이나 마찬가지였다. 김치는 짠지였고 입은 주댕이였다. 구린내는 쿤내였고 공책은 잭기장이었다. 한 번도 본 적이 없는 여우는 영깽이였고 그 흉내를 내는 여자아이는 곧장 별명이 영깽이가 되었다. 딴짓을 하며 길을 가다 넘어지면 넹게 배긴 거였고 그러면 친구들은 놀구느라(놀리느라) 히히덕거렸다. 눈은 눈까리였고 눈곱은 눈꾀비였다. 집집마다 개를 든내놓고(풀어놓고) 키운 터라 어느 날 기르는 개가 새끼를 낳으면 아비가 누구인지 추리하느라 즐거웠다. 산에서 전쟁놀이를 하다 보면 가장 집요하고 사나운 벌이 땡삐(땅벌)였는데 마을엔 꼭 땡삐란 별명을 가진 형이 한 명 있었다. 주말에 놀고 싶은데 놀지 못하고 비알밭(비탈밭)에서 일을 하면 매가리(힘)라곤 하나도 없이 시무룩하다가 일이 끝나고 운동장으로 달려 나갈 땐 거의 태권소년 마루치나 다름없었다.

이 산골마을의 어른들은 초등학교에 들어가 열심히 표준말을 배우는 우리들에게 서랍은 빼다지, 먼지는 문주, 흉내는 숭내나 임내, 어린아이는 해다, 말벌은 바다리라고 가르쳐서 혼란을 불러일으켰다. 그뿐만이 아니다. 뽕나무에서 떨어지면 고칠 약이 없다고 알려 줬는데 사실은 그게 아니라 어린아이들이 뽕나무에 올라가 오디를 따지 못하도록 하기 위한 조처였다. 그러면 누에가 먹을 뽕잎이 손상되기 때문이었는데 우리들은 겁이 나기는 했지만 뽕나무에 올라가는 일을 절대 멈추지 않았다. 손가락과 입술이 퍼렇게 물들어야지만 비로소 낭구(나무)에서 내려왔다.

표준어를 배우기 전에 배운 말들의 대부분이 비록 국어사전에도 등재되지 못한 사투리가 되었기에 아쉬움은 많지만 그렇다고 해서 슬픈 것은 아니다. 그 말들은 내가 살던 산골짜기의 말이었고 그 말들이 나의 몸과 마음을 살찌웠기 때문에 고마움이 먼저 앞선다. 빽빽한 표준어의 숲에서 살고 있지만 간혹 누군가 우연찮게 어린 시절의 말들을 불러오면 나는 시간 이동을 한 것처럼 즐거워진다. 옛날의 어떤 장면이 고스란히 떠오르니 행복하지 않을 까닭이 없다. 나는 그것이 모어, 어머니의 말이라고 여겨진다. 그리고 우리는 다시 새로운 말을 찾아 떠난다. 그게 인간의 운명인 듯하다.

강원도 마음사전

가니?

    내가 고향을 떠나 춘천으로 유학을 떠났던 해는 1982년이다.
    춘천은 도청소재지였지만 위치상 강원도의 서북쪽 끄트머리
에 자리하고 있어 쉽게 갈 수 있는 도시는 아니었다. 하긴 평창
에서 이제 중학교를 졸업한 나이다 보니 여행을 가 본 적도 그리
많지 않았다. 그동안 강원도 밖으로 나가 본 곳은 친척들과 함
께 갔던 제천 큰댁이 전부였고 강원도 안에선 삼척, 삼척을 가기
위해 지나쳤던 강릉, 홍천 서석, 횡성 안흥이 다였다. 아, 중학교
수학여행이 있다. 수학여행은 보통 2학년 때 가는 것인데 1980
년의 혼란스러운 시국으로 취소가 되었다가 3학년 봄에 주마간
산 식으로 춘천, 설악산, 강릉을 1박 2일로 다녀왔다. 잘 기억나
지는 않지만 춘천에선 소양댐, 설악산에서는 신흥사와 비선대까
지, 그리고 강릉의 경포대 솔숲에 있었던 여인숙에서 잠을 잤던
게 생각난다. 다음날 삼척의 죽서루에 들렀다가 돌아왔던가. 아
니…… 이 일정을 1박 2일에 소화할 수 있었을까. 2박 3일이 아니
었을까. 친구에게 전화를 하니 녀석의 기억력도 시원치가 않다.
하긴 벌써 40여 년 전 일이니 이상하지도 않다.
    짧은 여행이든 긴 유학이든 살던 곳을 떠난다는 것은 언제나
마음에 파도를 불러일으킨다. 그것은 호기심과 불안, 기대가 적

절하게 섞인 파도일 것이다. 나의 춘천행도 그러했다. 낯설고 물선 곳에서 삼 년 동안 잘 견딜 수 있을까. 산골짜기에서 왔다고 춘천 녀석들이 내 말과 행동을 무시하고 텃세를 부리지는 않을까. 가장 중요한 공부는 어찌 될까. 가까운 강릉으로 갈걸 괜히 허세를 부려 먼 춘천까지 가는 건 아닐까. 구불구불한 길을 돌아가는 버스 안에서 나는 온갖 생각에 시달렸다. 당시 춘천 가는 길은 편도 1차선인 영동고속도로를 타고 새말까지 간 뒤 거기서부턴 국도를 따라 횡성, 홍천을 지나가는 경로였다. 횡성, 홍천, 춘천 구간엔 대관령만큼은 아니지만 크고 작은 고갯길이 줄줄이 기다리고 있었다. 지루하고 먼, 멀미 기운이 가시지 않는 길이었다.

남자 여자 할 것 없이 춘천 사람들의 말은 나긋나긋했다. 부드러웠다. 나는 춘천에 유학을 가서야 비로소 내가 쓰는 말이나 억양이 다른 사람들과 많이 다르다는 것을 조금씩 깨닫게 되었다. 특히 내 또래 남자들의 말투에 나는 처음부터 기가 죽을 수밖에 없었는데 그 중 하나가 이것이다.

"어디 가니?"

여자도 아닌데 '어디 가나?'가 아니라 '어디 가니?'였다. 그 말을 듣는 순간 왠지 온몸이 가려웠다. 말과 사람이 모두 징그러웠다. 거칠고 억센 억양의 내 말과는 전혀 다른 말이어서 뭐라 대답도 못 하고 바라보기만 했다. 그런데…… 가만히 그 말을 생각해 보니 낯간지럽기도 했지만 왠지 부럽기도 해서 춘천의 좁은 골목길을 혼자 걸으며 몰래 따라 해 보기도 했다. 마침내 그 말이 어느 정도 입에 붙자 나는 주말에 고향으로 돌아가 친구들을 만나자마자 차분하고 세련된 목소리로 물었다.

"야, 어디 가니?"

"……이 짜식 춘천 가더니 두 달도 안 돼서 지즈바가 돼서 돌아왔네!"

"야, 도시에선 남자들도 다 이렇게 말해. 니들도 한번 써 봐."

"짜식, 너나 실컷 써먹어라! 사내놈이 가니가 뭐냐, 가니가!"

고향에서 초등학교, 중학교를 다닐 때는 사투리와 표준어를 조금이나마 구별해 가는 시기였다면 낯선 춘천에서의 생활은 내가 쓰는 사투리가 종종 다른 이들의 웃음거리가 된다는 걸 눈치채는 시기였다. 그건 그리 기분 좋은 일이 아니었다. 수업 시간에 선생님이 질문을 할 때 나는 사투리를 쓰지 않으려고 잔뜩 긴장해야만 했다. 하지만 이미 오래전부터 입에 붙어 있는 사투리나 억양은 쉽게 고쳐지지 않았다. 창피를 당하지 않으려면 입을 다물고 좁고 구불구불한 골목길로 숨는 일밖에 없었다. 그곳에서 나는 고향에서 배운 말과 어투를 어떻게든 고치려고 애를 썼던 것 같다. 말을 천천히 하고, 억양을 가능한 한 낮추고, 표준어를 생각하고…… 그러던 어느 날 일이 터졌다.

다른 지역도 그렇겠지만 강원도의 말 역시 생활환경, 정치, 역사, 위치 등등의 요소에 의해 어떤 특징을 드러낸다. 산골 지역과 바닷가, 도시의 말이 조금씩 다르다. 또 태백산맥 동쪽의 말과 서쪽의 말도 차이가 난다. 영서 지역의 대표 도시인 춘천과 원주는 수도권의 부드러운 억양을 따라간다면 속초는 북한 말이 많이 내려와 있고 삼척 강릉은 경상도 말이 올라와 있다. 산간 지역인 내 고향 대관령의 말은, 특히 내 경우는 주로 영동권과 함경도의 어투와 비슷해서 간혹 서울에 가면 북한에서 내려온 사람이 아니냐는 말을 듣기도 한다. 할 수 없이 나는 전직이 시베리아의 북한 벌목공이었다가 탈출해 남한으로 왔다고 대답한 적도 있었는데 그걸 진짜로 믿는 술집 주인도 있었다. 지금도 이러한데 예전에는 오죽했겠는가. 아마 달부 어여웠을 것이다.

다시 춘천의 어느 날로 돌아가자. 아마 토요일이나 일요일 오후였을 것이다. 외지에서 춘천으로 유학 온 학생들은 한 달에 한 번 월말이 되면 우체국에 가서 고향집과 전화 통화를 했다. 다음 달 생활비를 보내 달라는 말을 전해야 했기 때문이다. 공중전화가 없던 시절이었기에 월말이 되면 우체국 시외전화 신청 창구엔 학생들로 가득 찼다. 집 전화번호를 적어 신청하고 기다리면 직원이 이름을 호출하며 몇 번 전화기를 사용하라고 알려주는 방식이었다. 우체국 한쪽엔 그 용도의, 문이 없는 공중전화 부스가 네다섯 개 있었다. 보통 그렇게 부모님과 통화하면 돈은 우편전신환으로 왔고 그걸 가지고 다시 우체국에 가서 현금으로 바꾼 뒤에야 한 달 생활비로 사용했다. 매달 먼 곳에 있는 집까지 시외버스를 타고 다녀와야 하는 수고를 덜 수 있었기에 유학생들은 월말이 가까운 주말이면 우체국에 모였던 것이다. 그날 나는 전달보다 많은 생활비를 엄마에게 요구했다. 쓸 데가 많았기 때문이었는데 엄마는 돈이 부족하다고 했던 것 같다. 당연히 실랑이가 벌어졌고 화가 난 나의 목소리가 대책 없이 커지기 시작했다. 말을 천천히 하고, 억양을 가능한 한 낮추고, 표준어를 구사하려고 노력했던 그동안의 고된 수고는 온데간데없이 사라지고 말았다. 버리고 싶었던 고향 사투리를 씩씩거리며 모두 구사한 뒤 나는 마침내 췌서라도(꾸어서라도) 요구한 돈을 보내 주겠다는 엄마의 확답을 듣고서야 전화를 끊었다.

아…… 그날 수화기를 놓고 돌아섰을 때의 우체국 풍경을 지금도 잊을 수 없다.

사람들은 모두 웃음을 흘리며 날 바라보고 있었는데 그제야 나는 내가 숨기려고 했던 대관령 사투리를 다른 사람들 앞에서 아주 적나라하게 구사했다는 걸 알아차렸다. 어떻게 우체국에서 도망쳐 나왔는지 모르겠다. 다시 사람들이 없는 골목길로 달려가 숨을 수밖에 없었다. 흥분하면 나도 모르게 튀어나오는 고향의 말은 꽤 오래 나를 창피하게 만들었다.

하여튼 춘천은 내가 하는 말이 어떤 옷을 입고 있는지 잘 보여 주었고 더불어 남자들의 말도 여자들처럼 나긋나긋하다는 걸 처음으로 알코 준(알려 준) 도시였다.

강냉이밥

대관령에서의 어린 시절은 가난했지만 행복했다.

사실 가난이 무엇인지도 잘 몰랐다. 초등학교에 들어가기 전이었고 끼니를 거를 만큼 가난하지는 않았기 때문이다. 마을 사람들 대부분이 그러했듯이 우리 부모님도 농사가 생업이었다. 당시 대관령은 산간 지역이라 주로 밭농사를 많이 지었지만 평지가 있는 곳은 모두 논이었다. 농산물 중에서 가장 귀하고 비싼 작물이 쌀이었기 때문이다. 그렇기에 비알밭을 아무리 많이 가지고 있어도 논과 비교할 수는 없었다. 흙먼지가 풀풀 날리는 신작로 옆에 논을 소유하고 있는 사람이 부자였다. 우리 집은 산자락에 붙은 비알밭이 대부분이었고 도랑 옆에 손바닥만 한 논이 있었는데 거기서 나오는 쌀은 당연히 손바닥 한 옴큼이었다.

대부분 가난하게 사는 산골 사람들이었지만 교육열은 높았다. 부모님들은 자신들의 못 배운 한을 자식들에게 물려주지 않으려고 어떻게 해서든 학교에 보냈다. 우리들은 책가방을 들고 신이 나서 학교란 곳으로 달려갔다. 당시엔 산골이라 해도 지금보다 훨씬 인구가 많아서 이 골짜기 저 골짜기에서 쏟아져 나온 아이들로 초등학교 운동장은 가득 찼다. 학교는 새로운 것을 가르치는 곳이었다. 모든 것이 신기했다. 산골짜기에서는 보거나 경험할 수 없는 것들로 가득했다. 선생님, 교실, 책상과 걸상, 칠판, 백묵, 짝, 친구들, 교과서, 공책, 연필, 칼, 지우개, 책가방, 필통, 유리창, 마룻바닥, 교무실, 교장실, 서무실, 소사 아저씨……이런 새로운 문화를 접하느라 1학년들은 거의 눈이 돌아갈 지경이었다. 그 환경에 적응하지 못한 아이들은 바지에 오줌을 누기도 했고 집에 가겠다고 울며 떼를 썼지만 대부분의 아이들은 누런 콧물을 줄줄 흘렸다가 다시 삼키면서도 선생님 목소리를 듣느라 열중했다.

그 학교에서 우리는 무엇을 배웠던가. 철수와 영희, 바둑이가 등장인물로 나오는 한글을 배우고 덧셈과 뺄셈, 곱셈, 나누기를 배우느라 눈을 초롱초롱 밝혔다. 아, 음악 시간이면 풍금 반주에 맞춰 노래도 불렀다. 어디 그것뿐이겠는가. 꼭 수업 시간이 아니더라도 도처에 배울 것이 널려 있는 곳이 바로 학교였다. 그런데…… 학년이 올라가면서 우리는 우리도 모르게 나쁜 것도 차근차근 배울 수밖에 없었다. 그 중에서 대표적인 것을 하나 꼽으라면 바로 알게 모르게 서로를 비교하는 일이었다. 어쩌면 그 것은 학교라는 제도가 갖는 근본적인 모순일지도 모르겠지만 하여튼 우리들은 아끼는 장난감을 가지고 놀듯 그 비교의 소용돌이 속으로 빨려 들어갔다. 나 역시 예외는 아니었다.

누가 공부를 잘하고 못하는가. 공부를 잘하면 선생님과 부모님께 칭찬을 받는다는 걸 알았기에 나는 공부를 열심히 했다. 하지만 아무리 애를 써도 몇 명은 나보다 더 잘했기에 기분이 편치 않았다. 누가 싸움을 잘하고 못하는가. 싸움을 하는 게 나쁘다고 해서 배우려 하지는 않았지만 깡이 세고 싸움을 잘하는 친구들을 보면 은근 부러웠다. 여자아이들 중 누가 이쁜가. 그 아이 곁에 가면 괜히 가슴이 콩닥거렸다. 누구 집이 잘사는가. 학교에 입고 오는 옷, 신고 오는 신발을 보면 나도 모르게 기가 죽었다. 그 아이가 점심시간 책상 위에 꺼내 놓은 보온밥통에는 김이 모락모락 피어나는 쌀밥과 국, 소시지가 담겨 있었다. 식은 강냉이밥과 시큼한 냄새를 풍기는 김치와 고추장이 반찬의 전부인 내 도시락 뚜껑을 여는 게 창피해 일부러 3교시가 끝난 쉬는 시간에 서둘러 도시락을 비웠다. 자존심이 상해 점심시간이면 운동장에 나가 홀로 공을 찼다. 반에서 혼자 보온밥통을 들고 다니는 그 아이는 부모님이 송방(가겟방)을 하고 있어 학교에 올 때면 늘 과자를 가지고 와 자기 마음에 드는 아이들(특히 이쁜 여자애들)에게만 주는 터라 기분이 몹시 나빴다. 그 기분을 풀 곳은 운동장밖에 없었다. 혼자 공을 차고 달려가 다시 그 공을 반대편으로 차는 일밖에 없었다. 공은 가끔 울타리를 넘어가 논물에 첨벙 빠지기도 했다.

강냉이밥은 찰옥수수를 잘 말렸다가 맷돌에 타개서 지은 밥이다. 갓 지었을 때는 그나마 먹을 만하지만 식으면 영 아니었다. 꺼칠꺼칠한 게 마치 모래를 씹는 것 같다.

간사한 게 사람 입이라고 쌀밥이나 보리밥 또는 쌀과 보리를 섞은 혼합곡으로 지은 밥을 먹어 본 뒤부터는 결코 먹고 싶지 않은 게 강냉이밥이었다. 점심시간에 책상 위에 꺼내 놓는 것부터가 창피했다. 쌀밥은 아니더라도 나도 대부분의 아이들처럼 혼합곡으로 지은 밥을 도시락으로 싸 가고 싶었지만 엄마는 그렇게 해 주지 않았다. 대신 감자를 섞어서 짓거나 반찬으로 달걀프라이를 밥 위에 올려놓는 게 다였다. 생각 같아선 도시락을 거부하고 싶었지만 점심시간이 되기도 전에 배가 고파 오니 그럴 수도 없었다. 그러던 어느 날 아침 눈을 뜨자마자 갑자기 의혹이 샘솟기 시작했다. 아무리 손바닥만 한 논이라지만 그래도 매년 가을이면 우리 집 논에서도 쌀이 나오지 않는가. 엄마는 그 쌀은 대체 어떻게 했단 말인가. 나는 자리에서 벌떡 일어나 정지로 달려갔다.

때마침 엄마는 솥뚜껑을 열고 밥을 풀 준비를 하고 있었는데 부뚜막에 걸터앉은 나는 둥근 솥에서 솟는 김이 사라지자 똑똑히 볼 수 있었다. 강냉이밥 한가운데에 하얀 쌀밥이 한 줌가량 들어 있는 것을! 아니…… 기억이 애매하다. 어쩌면 나는 엄마가 솥에 쌀을 안칠 때 보고 방에서 기다렸다가 밥을 풀 때 다시 정지로 가서 강냉이 위에 얹어 놓은 쌀이 어디로 가는지 지켜본 것인지도 모른다. 어찌 되었든 나는 보고 말았다. 그 쌀밥이 중학생인 형의 도시락에 고스란히 들어가는 것을. 누나들과 나의 도시락엔 단 한 알의 쌀도 들어가지 않고 맨 강냉이밥만 들어갔다는 참담한 현실을. 그 현실은 불공평하기 이를 데 없었다. 최소한 골고루 섞어서 네 개의 도시락에 들어가는 게 맞다고 나는 학교에서 배웠다. 이후의 상황은 뻔하다. 화가 난 나는 울고불고 집을 몇 바퀴나 돌면서 난리를 쳤고 그 결과 형은 자기 도시락을 내게 건네주곤 먼저 학교로 가 버렸다.

얼마 전 대관령 고향집에 갔다가 우연찮게 엄마와 이 얘기를 나눌 기회가 있었다. 그런데 엄마의 말은 내 기억과 조금 달랐다. 형의 도시락에만 쌀밥을 담은 건 맞는데 당시 나는 초등학교에 가기 전이었다고 한다. 엄마는 아마 그날이 형의 중학교 입학식 날이었을 거라고 말했다. 누구의 기억이 맞는 것일까. 아, 그보다 그때 엄마는 얼마나 속상했을까.

대관령에선 옥수수를 강냉이라고 불렀다. 딱딱하게 마른 강냉이를 타개서 지은 밥은 강냉이밥이고 그 강냉이를 튀긴 것은

강밥(튀밥)이라 했다. 강밥 튀기는 집은 강박집이다. 늦여름부터 나오는 알이 말랑말랑한 강냉이는 삶아 먹거나 구워 먹고 남은 것들은 말려서 팔거나 양식으로 썼다. 강냉이에는 찰강냉이와 메강냉이가 있다. 메강냉이는 보통 가축의 사료로 쓰인다.

하여튼 강냉이밥이다. 도시락에 강냉이밥을 담아서 학교를 다녔던 아이는 어른이 되었지만 아직도 가끔 교실에서 친구들과 함께 점심을 먹는 꿈을 꾼다. 맘에 두고 있는 이쁜 여자아이가 볼까 봐 도시락 뚜껑을 반쯤 덮은 채 강냉이밥을 먹는 꿈을.

강릉

그해 봄부터 여름까지 나는 마음이 답답할 때면 시외버스를 타고 대관령을 넘어 강릉으로 가곤 했다. 군에 입대할 날을 기다리던 시기이기도 했지만 사실은 다니던 대학교에서 학사 경고 누적으로 제적을 당한 상태였다. 그 사실을 고향집에 얘기할 수 없었기에 군에 가기 위해 휴학을 했다고 속였다. 마침 입대 영장도 나온 터였다. 하지만 머릿속에는 좌절과 오기와 화가 철조망처럼 이리저리 뒤얽혀 있었기에 답답함을 조금이라도 해소시키려면 틈이 날 때마다 어딘가로 떠나야 했다. 여러 사정상 가장 적당한 곳이 바로 강릉이었다.

어떤 날은 강릉차부에 도착해 시내버스를 타고 경포해수욕장으로 향했다. 백사장에 앉아 소주 한 병을 찔끔찔끔 마시며 오후 내내 바다만 바라보았다. 나는 내가 대학에서 쫓겨난 까닭을 납득할 수 없었다. 또 어떤 날은 중앙시장의 지하 어느 술집에서 등받이가 없는 의자에 앉아 홍합과 홍합국물을 안주로 독한 경월소주를 마시다가 취해 뒤로 벌렁 나자빠지기도 했다. 그런 날은 종일 생선 비린내가 옷에서 사라지지 않았다. 그러면서도 나는 나를 쫓아낸 대학에 보란 듯이 복수하겠다고 연신 고개를 끄떡거렸다. 어느 날은 시내를 기웃거리다가 한 카페의 입구에 붙여 놓은, 시화전 안내 포스터를 보게 되었다. 시화전? 강릉에서도 시화전이란 걸 하네. 다소 삐딱한 어투로 중얼거리며 어두운 계단을 올라갔다. 강릉에도 시인이 있단 말이지. 취한 눈에 잔뜩 힘을 준 채 카페의 벽에 걸린 시화들을 훑어 나갔다. 내가 누군가! 나야말로 문학에 모든 걸 걸었다가 대학에서 쫓겨나지 않았는가. 시화를 대충 훑어본 뒤 구석 자리에서 맥주를 마시며 책을 읽고 있던 중년 사내를 주시했다. 나는 시화전 시첩을 들고 그에게 다가갔다. 대체 이 어쭙잖은 시가 뭐냐고 묻기 위해. 아니, 한판 싸우기 위해. 그 역시 안경테 너머로 나의 다가옴을 바라보고 있었다.

그 시절 대관령을 넘어 강릉에 갔다가 돌아오기 전 마지막 일정은 늘 극장 방문이었다. 여러 곳이 있었지만 버스 시간과 이동 거리를 고려했을 때 가장 편한 곳은 차부 바로 옆에 있는 허름한 동시상영관, 나의 단골 극장이었다. 그 허름한 극장에서는 늘 에로 영화를 상영했는데 야한 영화 간판 아래를 지나 계단 입구로 들어서는 것부터 지나가는 사람들의 눈치를 봐야 할 정도였다. 극장도 작았고 손님도 별로 없었다. 두어 명의 관객이 안개 속에서 말을 타고 달리는 반라의 여인을 바라볼 뿐이었다. 보고 나오면 마음만 더 허해지는 영화들이었는데도 강릉에서의 그 마지막 일정을 포기하기가 어려웠다. 마음속의 좌절과 오기와 화는 쉽게 풀어질 수 없는 것이었기에 나는 늘 차부 앞을 서성거리며 극장 벽에 걸린 영화 간판을 기웃거릴 수밖에 없었다. 차부

와 강릉역 사이의 난간도 없는 천변 길을 고개를 잔뜩 숙인 채 왕
복한 뒤 대관령을 넘어가는 버스에 지친 몸을 싣곤 했다. 그렇게
동쪽 바다의 극장들을 봄여름 동안 힘겹게 오르내렸다.

　아, 그날 그 시인은 처음 본 내가 마구잡이로 날리는 화살을
맞으며 이렇게 말했다. 맞아! 당신 말이 맞아! 그는 고개를 끄떡이
며 내 좌절과 오기와 화를 위로하며 그저 술만 따라 주었다. 나는
결국 동쪽 바다의 극장 구석에서 우는 것밖에 달리 할 게 없었다.

갈풀

집에서 풀을 하는 날은 종일 신났다.

풀을 한다는 건 농사지을 때 요긴하게 쓸 퇴비를 한다는 것
이다. 갈풀한다고도 하는데 우리 동네에서는 보통 풀을 한다고
불렀다. 보통 음력 7월경에 풀을 하는데 워낙 일의 덩치가 커서
여러 집이 어울러서 품앗이 형식으로 서로 날을 정해 집집마다
돌아가면서 풀을 했다. 요즘은 산과 들, 개울가에 풀이 넘쳐나지
만 당시에는 몹시 귀했던 터라 서로 먼저 풀하는 날을 잡으려고
신경을 꽤나 썼다. 날을 먼저 잡으면 집과 가까운 곳에서 더 좋
은 풀을 할 수 있기 때문이었다. 그렇지 않으면 멀리 있는 산에
가서 거친 풀을(어린 나무들까지) 해야만 했기에 날을 정하다 간
혹 어른들의 언성이 높아질 때도 있었다. 한 해만 풀을 하는 게
아니라 매해 해야 하기에 보통은 순번이 자연스럽게 돌아가는
데 핑계를 대고 억지를 쓰는 집도 있어 한동안 동네 사람들 입방
아에 오르기도 했다. 하여튼 간에 여름이 되면 농사를 짓는 산골
마을의 장정들은 한데 모여 어김없이 지게를 지고 풀을 하러 산
으로 갔다.

다른 지역은 하루에 한 사람이 일곱 짐의 풀을 했다고 하는
데 우리 마을은 그렇지 않았다. 오전에 두 짐, 오후에 두 짐, 모두

네 짐을 했다. 또 풀하는 조와 풀 써는 조를 나눴다는데 우리 마을은 풀을 모두 한 뒤에 다 같이 풀을 썰었다. 어둑어둑해질 때까지 우리 집 마당에서 두 대나 세 대의 작두로 풀을 써는 모습을 나도 꽤 여러 번 보았는데 마치 잔칫집처럼 흥겨웠다. 풀아시(풀을 작두에 밀어 넣는 사람)가 엮어내는 선소리를 듣고 있노라면 나도 모르게 어깨가 들썩거렸다. 풀아시가 풀을 넣으며 소리를 하면 작두꾼은 들어 올린 작두에 올려놓은 발을 힘차게 내리 밟았다. 강원도 태백에서 채록된 풀아시의 선소리를 옮기면 이렇다.

우러리다, 우러리!
양지쪽에 노랑 싱거리다!(억센 나무가 들어갈 때)
우물할미 속꾸뱅이다! 무진타리 들어간다!(무른 풀이 들어갈 때)

해학과 풍자로 가득 찬 선소리는 흥과 힘을 돋게 할 목적도 있지만 실상은 작두에 들어가는 풀의 성질을 작두꾼에게 알려 주는 것이다. 무른 풀이 들어갈 땐 힘을 약하게 쓰고 억센 나무가 들어갈 땐 단단히 준비하라는 뜻이다. 즉 힘의 낭비를 막으며 풀을 썰자는 것이다. 그러면서 장정들은 서로 번갈아 가며 풀아시, 작두꾼, 풀모시(풀아시에게 적당한 양의 풀을 대 주는 사람)를 했다. 어린 시절 나도 우리 마을 어른들의 풀 써는 모습을 지켜보며 선소리를 들었는데 지금은 아무리 생각해도 떠오르지 않는다. 어른들이 잠시 막걸리를 마시며 쉬는 틈을 이용해 나도 한번 해 보려고 작두의 발판에 발을 올려놓고 밧줄을 잡아당겨 작두를 들어 올리려 했지만 겨우 반쯤 올린 게 전부였다. 보통 작두꾼은 왼손은 지겟작대기, 오른손은 작두의 발판과 연결한 밧줄을 잡는다. 왼발은 작두의 높이와 맞춘 디딤판에, 오른발은 작두의 발판에 올려놓는 게 기본자세다. 작두를 들 땐 지겟작대기와 밧줄에 힘을 주었다가 풀을 썰 땐 발판에 올려놓은 오른발에 온 체중을 다 실어서 밟았다. 그건 어린아이가 할 수 없는 일이어서 이만저만 속상한 게 아니었다. 그렇다고 풀아시를 할 수도 없었는데 숫돌에 갈아 날카로운 작둣날에 까딱하면 손이 잘릴지도 모른다는 두려움 때문이었다. 해서 당시 내가 했던 일은 깍쟁이(갈퀴)나 쇠스랑, 거릿대로 썰어 놓은 풀을 끌어내는 게 고작이었다.

풀을 하는 날은 남정네들만 바쁘고 힘든 게 아니라 엄마들도 종일 바빴다. 풀하러 온, 열 명가량의 남정네들을 해 먹여야 했기 때문이다. 오전 젠놀이(새참), 점심, 오후 젠놀이를 술과 함께 기본적으로 준비했다. 풀 써는 일이 늦게 끝나면 저녁까지 풀밥을 먹여야 하니 혼자 하기엔 벅차서 다른 집 아주머니도 왔다. 신나는 건 우리들이었다. 무쇠솥에서 밥(그것도 쌀밥!)을 모두 푸고 나면 솥바닥에 눌어붙은 소꼴기(누룽지)는 우리들 차지였다. 당원을 살짝 뿌린 소꼴기 맛은 맛있는 과자나 다름없었다.

더군다나 쌀밥으로 만든 소꼴기라니! 그런 소꼴기는 일 년에 서너 번밖에 먹어 볼 기회가 없었다. 엄마가 정지에 쪼그려 앉아 하루 세 번 설거지를 하느라 땀을 뻘뻘 흘려도 어린 나는 소꼴기를 씹으며 풀 냄새가 가득한 마당의 풀 더미를 뒤져 깨금(개암)을 찾느라 정신이 없었다.

　이 산 저 산 서너 명씩 흩어져 풀을 하는 일꾼들은 어마어마한 양의 풀을 지게에 지고 돌아왔다. 풀을 할 때는 더 많은 풀을 지기 위해 지게에 바소구리(발채)를 얹지 않았다. 지게 하나에 어떻게 저렇게 많은 짐을 질 수 있는지 의심이 들 정도였다. 어른들은 지게만 지면 모두 장사로 변하는 것 같았다. 더군다나 여름의 풀은 성장을 하느라 물을 잔뜩 먹고 있어 다른 계절보다 훨씬 무거웠다. 그러니 풀은 아무나 하는 게 아니었다. 집주인이 힘이 약하거나 지게질을 잘 못하면 풀을 사서 퇴비를 할 수밖에 없었다. 시골에서 농사를 지으며 사는 남정네들이 힘이 없으면 경험하는 비애였다. 힘이 좋고 풀을 잘 베는 사람은 먼저 한 지게를 가득 채운 뒤 쉴 수도 있었지만 대부분은 그러지 않았다. 일찍 자기 지게를 채우면 옆 사람을 도와주었다. 그게 시골의 인심이었다. 서로 도우며 같이 사는 게 바로 농촌의 삶이었다. 우리들의 아버지와 어머니는 가난한 시절을 그렇게 건너왔다. 물론 다 그렇지는 않았겠지만…… 그렇지 않은 사람들은 농촌을 떠나 도시로 갔다.

　풀은 보통 풀의 양이나 사람 수에 따라 발작두 두 개나 세 개

로 썰었다. 그러니 온 집 안이 떠들썩했다. 작둣날에 잘려 나간
풀에서 풍기는 냄새가 마당에 가득했다. 작두로 썬 풀은 한데 모
아 마당 귀퉁이에 둥근 풀가리를 쌓았다. 풀가리는 다 쌓으면 어
른들 키보다 훨씬 높았는데 그걸 쌓는 것도 기술이 필요했다. 잘
못 쌓으면 무너질 수 있었기에 어른들은 서로 말씨름을 해 가며
어떻게 하면 더 견고하게 쌓을 수 있을까를 의논했다. 마당을 가
득 채웠던 풀이 싸이로(silo) 같은 둥근 풀가리로 모두 옮겨지면
마침내 일이 끝난다. 남정네들은 어둑어둑해지는 마당에 둘러앉
아 막걸리를 마신 뒤 지게에 작두를 싣고 자기 집으로 돌아갔다.
나는 새롭게 모습을 드러낸 풀가리를 바라보며 어금니가 돌멩이
로 깨금을 깨서 알맹이를 꺼내 먹었다. 잣보다 크고 도토리보다
조금 작은 깨금 알맹이는 무척 고소했다. 소쿠리에는 내가 풀 더

미에서 딴 깨금이 가득했다.

언젠가 아버지는 말하셨다.

"그 시절은 비료가 귀했던 터라 비료 한 되나 두 되가 생기면 약처럼 썼어."

풀가리의 풀은 마구(외양간)로 매일 조금씩 들어가 소가 깔고 자는 담요가 되었다가 소의 배설물과 섞여 얼마 뒤 두엄 더미(퇴비장)로 이동한다. 두엄 더미엔 뒷간(변소)에서 나온 인분도 섞인다. 그렇게 가을겨울을 나는 동안 썩고 발효의 과정을 거쳐 봄날에 농사지을 밭으로 퇴비가 되어 나가는 것이다. 전국적으로 퇴비 생산이 한창이던 시절이어서 우리들의 여름방학 숙제에도 퇴비 해 오기가 포함되어 있을 정도였다. 사내아이들은 개학날 자전거에 퇴비를 싣고 학교에 갔고 여자아이들은 아버지나 오빠가 지게나 리어카로 퇴비를 날라 주는 진풍경이 신작로에서 벌어졌다. 아마 내가 중학교 때까지 퇴비 숙제가 있었던 것 같다. 다시 생각해 봐도 참 어이없는 여름방학 숙제였다.

이제 농부들은 옛날처럼 풀을 하지 않는다. 퇴비를 대체할 비료나 계분을 돈을 주고 구입해서 쓴다. 시골의 산과 들, 물가엔 베지 않은 풀이 가을까지 넘쳐난다. 당연히 퇴비를 해야 하는 방학 숙제도 사라진 지 오래다. 아주 가끔 어금니로 깨금의 껍질을 깨던 그 소리만 환청처럼 들려올 뿐이다.

풀하는 날, 그리고 깨금, 참 아름다운 기억을 불러오는 낱말이다.

건봉산

이름만 들어도 명치끝이 싸해지는 이름과 지명이 있다. 내 경우엔 건봉산이 그런 곳 중 하나다. 나는 군 생활을 건봉산과 건봉산 주변에서 했다. 그러니까 이 얘기는 세상의 반은 좋아하고 반은 싫어한다는 군대 얘기다. 1987년 중반부터 90년 1월까지의 일들이다. 세상일들 중에서 중요하지 않은 게 어디 있겠는가마는 이 시기에도 꽤 중요한 일들이 이 땅을 뜨겁게 지나가고 있었다.

건봉산은 강원도 동해안 제일 북쪽에 자리하고 있는 산인데 휴전선과 접해 있는 터라 민간인은 갈 수 없는 산이다. 건봉산을 가까이에서 보려면 영북 지방(보통 양양, 속초, 송지호, 간성, 거진, 화진포)의 아름다운 바다와 도시를 거쳐 통일전망대까지 가면 된다. 또 다른 장소는 거진읍 냉천리에 있는 건봉사(乾鳳寺)를 찾아가면 된다. 건봉사도 한때 민간인 통제 구역이었는데 지금은 해제되어 민간인들이 관람할 수 있다. 건봉사에는 부처님 진신 치아 사리가 봉안돼 있다. 아무튼 청춘의 한 시절을 나는 푸른 군복을 입고 건봉산을 오르내리며 보냈다.

건봉산에 올라가기 전 1987년 12월은 13대 대통령 선거가 있었다. 그해 여름 6월 항쟁의 결과로 만들어진 헌법에 따라 직선

제로 시행되는 대통령 선거여서 그 열기가 어느 때보다 대단했다. 나로서는 군에서 이등병 계급장을 달고 경험하는 첫 선거여서 약간의 두려움도 없지 않았다. 선거일이 가까워져서인지는 몰라도 훈련보다는 내무반에서 각종 정신교육을 받는 날들이 많았는데 혹시라도 노골적이거나 암묵적으로라도 특정 후보를 찍으라는 압력이 가해지면 어떻게 해야 하나 하는 불안 때문이었다. 국민들은 야당 후보들의 단일화를 원했지만 그 바람은 끝까지 이루어지지 않았다. 그런데 정작 내무반에서 정신교육을 받는 이등병 일병 들의 고민은 다른 데에 있었다. 보통 계급이 낮은 병사들은 앞자리에 앉을 수밖에 없었는데 그 자리는 가장 먼저 졸음과 싸워야만 했다. 지루한 정신교육은 졸음을 부르는 특효약 중의 특효약이었다. 뒤에 앉은 선임들의 눈을 피해 고개를 끄떡인다는 것은 사실상 불가능했다. 저녁의 집합이 두려웠지만 함박눈처럼 쏟아지는 졸음을 물리칠 재간이 없었다. 차라리 훈련장으로 나가 각개전투를 했으면 하는 게 소원일 정도였다. 그렇게 대선이 지나갔다. 그 겨울 대통령 당선자의 투표율은 36.64%였고 야권의 세 후보자 투표율 합계는 63.36%였다.

　해가 바뀌자 우리는 건봉산에 올라갔다. 건봉산에선 금강산의 봉우리들이 한눈에 보였다. 야간 근무가 끝나는 아침이면 동해의 일출이 우리들의 얼굴을 붉게 물들였다. 무엇보다도 건봉산은 겨울철 어마어마한 눈이 내리는 곳이었다. 며칠째 그치지 않는 눈이 철책선의 윤형 철조망마저 덮어 버린 적도 있었다.

폭설이 산을 뒤덮은 어느 날 오침 중인데 선임 하사가 나를 깨웠다. 폭설에 고립된 산양을 잡아 왔던 것이다. 어릴 때부터 강원도 산골에 살아서 못하는 게 없다고 그동안 뺑이란 뺑은 다 쳤었기에 내 손으로 산양을 해체하는 일을 피할 수 없었다. 나는 두 개의 뿔이 달려 있는 산양을 바라보다가 이윽고 칼을 들었다. 그런데…… 배를 가르고 내장을 꺼내기 위해 죽은 지 얼마 안 된 산양의 뱃속으로 손을 넣었을 때의 그 느낌은 아직도 잊을 수가 없다. 온기가 남아 있는 내장이 내 손목을 잘라 버릴 것처럼 조였기 때문이다. 남한 땅에선 산양이 멸종되었다고 여기던 시기였다. 지금도 그 산양을 생각하면 미안하기 이를 데 없다.

1988년의 총선은 건봉산에서 투표를 했고 야당은 역사상 처음으로 여소야대의 정국을 만들었다. 그리고 9월에 88올림픽이 서울에서 열렸다. 올림픽의 슬로건은 '세계는 서울로, 서울은 세계로'였다. 굴렁쇠 소년이 잠실운동장에 등장해 박수를 받았던 것 같다. 우리들은 건봉산 근무를 마치고 내려갔다가 다시 올라왔다. 89년이었다. 그해 6월 말 임수경이 평양축전에 참가하기 위해 일본, 독일을 거쳐 북한으로 갔다. 금강산 봉우리들이 갑자기 부산해지기 시작했다. 북한의 대남 방송 확성기는 금강산 봉우리마다 설치돼 있었는데 그 확성기에서 평양축전에 참가한 임수경의 목소리가 들려왔다. 밤과 낮의 근무지에서 우리들은 그 목소리를 들었다. 봉우리와 봉우리가 떨어져 있어 서라운드로 울려 퍼지는 그 목소리를.

첫 봉우리의 스피커가 먼저 울렸다.

"조국은 하나다!"

그러면 다음 봉우리에서 약간의 시차를 두고 다시 울렸다.

"조국은 하나다!"

남쪽으로 향한 금강산 봉우리 봉우리의 확성기에서 조국은, 조국은, 조국은, 하나다, 하나다, 하나다……가 퍼져 나가는 날들이었다. 밤의 초소에서 나는 왠지 나와는 아주 멀리 떨어져 있는 듯한 임수경의 목소리를 듣고 또 들었다. 마치 남과 북의 철책선 사이에 갇힌 한 마리 산양으로 변신해 있는 것 같아 조금 우울했다. 남쪽에서도 지지 않고 북쪽을 향해 이선희의 노래를 틀던 밤들이었다. 임수경은 문규현 신부와 함께 8월 15일 판문점을 통해 귀환했다.

건봉산과 영영 헤어질 준비를 하던 90년 겨울에도 속초 일대에는 허리까지 덮는 폭설이 내렸다. 그 겨울 예비군 마크를 붙인 우리들은 사단 휴양소를 떠나 오직 집으로 돌아가겠다는 일념 하나로 이십여 리 길을 걸어서 속초터미널에 도착했다.

겨울방학

　어린 시절 방학만큼 좋은 것은 달리 없었다. 방학 중에서도 겨울방학이 훨씬 좋았다. 여름방학은 농사철과 겹쳐 있어서 맘껏 놀 수 있는 날이 많지 않았기 때문이다. 하지만 겨울방학은 그렇지 않았다. 대관령은 앞대와 달리 겨울이면 너무 춥고 눈이 많이 내려 이모작 등등의 농사를 시도할 엄두조차 낼 수 없는 곳이었다. 그러니 어린 우리들은 농사일에 불려 가지 않고 겨울방학 내내 그동안 학교에 다니면서 하지 못한 온갖 놀이를 즐길 수 있었다. 아무리 춥고 폭설이 쏟아져도 우리를 막을 수는 없었다.

담임 선생님은 그런 우리들의 사정을 잘 알고 있는 터라 방학이 시작되기 전에 각자의 생활계획표를 만들어 오라는 숙제를 내주었다. 종이 위에 동그란 시계를 그려 놓고 하루하루를 어떻게 보낼 것인지 시간을 나눠 작성하는 형식인데 선생님이 내준 숙제이다 보니 아무렇게나 짤 수 없었다. 나름 고심을 거듭한 끝에 내가 완성한 겨울방학 생활계획표를 본 선생님은 이렇게 말하셨다.

"방학인데 이렇게 많이 공부할 수 있겠냐?"

"할 수 있어요!"

"이러다 작심삼일이 되면 어떻게 하려고?"

선생님은 묘한 미소를 지었지만 나는 흔들리지 않았다. 오전에 두 시간, 오후에 세 시간, 그리고 늦은 밤에 세 시간은 충분히 지킬 수가 있었다. 그러고도 놀 수 있는 시간은 많았다. 나의 치밀한 계획을 한 문장으로 표현하면 이러했다. 놀 땐 확실하게 놀고 공부할 땐 확실하게 공부하자. 다른 친구들은 어떻게 생활계획표를 짰는지 모르지만 나는 내 계획표를 의심하지 않았다. 방학을 하자마자 책상 앞에 그것을 붙여 놓고 실행에 들어갔다.

당시의 생활계획표 안에 들어 있는 항목을 대충 떠올리면 이렇다. 아침 식사, 방과 마당 청소, 공부(두 시간), 친구들과 놀기, 점심 식사, 공부(한 시간), 친구들과 놀기, 공부(두 시간), 저녁 식사, 가족과 대화 및 라디오 듣기(아직 우리 집엔 텔레비전이 없었다), 공부(세 시간), 취침. 나는 과연 초등학교 겨울방학 동안 내가 짠 생활계획표대로 하루를 잘 건너갔을까? 그리고 개학을 하여 나보다 공부를 잘했던 친구들을 따라잡았을까?

초등학교를 다니며 느꼈던 것 중 하나는 수업 시간이 내 의지와 무관하게 정해져 있다는 것이었다. 예를 들면 월요일의 지루한 운동장 전체조회, 1교시는 국어, 2교시는 산수…… 수업 시간은 45분, 쉬는 시간은 15분, 그리고 점심시간…… 그 과목들과 수업 시간을 어길 수가 없었다. 내가 싫더라도 따라가야만 했다. 그래야만 단체 생활을 유지할 수 있다고 선생님들은 말하셨다. 맞는 말이었다. 국어 시간에 나만 도화지를 꺼내 놓고 그림을 그릴 수는 없었으니까. 하지만 그 시간과 규칙이 어떨 때는 편했지만 또 어떤 경우에는 한없이 불편했다. 그러니 방학이야말로 내가 내 의지대로 시간을 활용할 수 있는 절호의 기회였던 것이다. 나는 충분히 그럴 수 있을 것이라고 믿었다.

이미 짐작했겠지만 당연히 나는 내가 짠 생활계획표를 지킬 수가 없었다. 농사일이 없는 겨울임에도 불구하고 유혹과 방해가 너무 많았고 내 의지마저 어처구니없을 정도로 박약했다. 처음 얼마간은 그나마 아슬아슬하게 지킬 수 있었지만 날이 거듭될수록 하나둘 무너져 내리기 시작했다. 잠들기 전, 내일부터는, 내일부터는 꼭 지켜야지 다짐하고 별렀지만 소용없는 일이었다. 다른 항목은 어느 정도 지킬 수 있었는데 문제는 공부였다. 공부를 해야 될 시간이 되면 어김없이 다른 일들이 벌어졌다. 다행히 책상 앞에 앉긴 앉았지만 곧 엉덩이가 근질거리고 문밖의 일들이 궁금해지기 시작했다. 친구 녀석들이 나만 빼놓고 모처럼 재밌는 놀이를 하고 있는 것만 같아 견딜 수 없었다. 실제로 그런 경우가 허다했기에 몸은 교과서를 펴 놓고 앉아 있었지만 마음은 벌써 눈 덮인 콩밭으로 떠난 지 오래였다. 다행히 우리 집의 내 방은 나를 지켜보는 담임 선생님이 없는 교실이었다. 선생님이 없으니 나는 언제라도 방에서 나갈 수 있었다.

방문을 열고 나가면 겨울 대관령은 온통 눈 천지였다. 눈이 풍족하면 남자아이들은 집에서 직접 만든 나무스키를 비알밭에서 탔고 여자아이들은 비료포대에 짚을 넣어 푹신푹신하게 만들어 집 근처에서 썰매놀이를 즐겼다. 눈이 내리지 않고 북서풍만 쌩쌩 부는 날이면 친구 집에 모여 만화책을 보느라 바빴다. 만화방에서 빌려 온 만화책 중 당시 가장 인기가 좋았던 것은 특이하게 생긴 독일군들이 나오는 전쟁 만화였는데 그 내용은 잘 기억나지 않는다. 프랑스의 레지스탕스들과 독일군들 사이의 이야기였는데…… 그러다 학년이 올라가면서부터 우리들은 만화보다 좀 더 넓은 세계로 눈길을 돌렸다. 그것은 바로 큰 형들이 보는 잡지인 '선데이 서울'이었다. 그 잡지에서 수영복을 입은 여배우들을 처음 보았을 땐 가히 충격적이었다. 또 하나는 잡지 뒤쪽에 있는 펜팔 코너였다. 친구들과 나는 그것을 찢어 그 주소로 편지를 써서 보냈다. 나이를 한참 올려놓고서. 물론 아무리 기다려도 답장은 오지 않았다. 당연히 생활계획표 어디에도 들어 있지 않는 일과였다. 별수 없이 우리들은 평소 놀던 대로 양지바른 담벼락 옆에서 곱은 손을 사타구니에 넣어 녹이며 구슬치기나 할 수밖에 없었다.

영원한 방학은 없었다. 끝날 것 같지 않았던 추운 겨울도 지나가는데 방학이야 말할 것도 없었다. 어느 날 문득 달력을 보니 어느덧 개학이 코앞이었고 당황한 나는 허둥거렸다. 책상 앞에 붙여 놓은 생활계획표를 물끄러미 바라보며 한숨만 내뱉을 뿐이었다. 남은 시간으로 볼 때 방학 숙제를 끝마치기에도 벅찼다. 담임 선생님의 말이 떠올랐고 더불어 매 방학마다 똑같은 후회를 한다는 것도 알아차렸지만 달라질 것은 없었다. 다만…… 비로소 학교가 그리워졌다는 것뿐이었다.

그러던 어느 겨울 마침내 졸업이었다. 중학생이 되니 방학이 돌아와도 더 이상 생활계획표를 만들지 않아도 되었다. 생활계획표를 숙제로 요구하는 선생님도 없었다. 속 시원하기 이를 데 없었다. 그렇게 어린이에서 벗어나 청소년으로 넘어갔다.

물론 그때는 당연히 몰랐다. 비록 벽에는 붙어 있지 않았지만 더 빽빽한 인생의 생활계획표 속으로 조금씩 들어가고 있다는 것을.

고향

어린 시절의 가장 큰 일 중 하나를 꼽으라면 초등학교에 입학하는 거였다. 산골 마을인지라 유치원이란 게 있는 줄도 모르는 시절이었으니 어서 빨리 나이를 먹어 학교에 들어가는 게 꿈 중의 꿈이었다. 마침내 나이가 꽉 차서 엄마와 함께 등교한 학교는 과연 흥미진진한 곳이었다. 집이라는 울타리 안에서 보던 세상과는 판이하게 다른 곳이었다. 이 골짜기 저 골짜기에서 엄마 손을 잡고 나온 아이들이 넓은 운동장에 모여 두근거리는 마음으로 앞으로 펼쳐질 일들을 상상하며 발을 굴렀다. 반이 정해지고 담임 선생님의 인솔 아래 앞으로 공부할 교실로 들어가면서 우리는 미처 상상하지 못했던 이별을 체험해야만 했다. 그것은 바로 엄마와의 짧은 이별이었다. 그 이별을 감당하지 못한 어떤 아이는 엄마를 찾아 울면서 교실 밖으로 뛰쳐나가기도 했으나 대부분의 아이들은 처음 보는 풍경에 눈이 홀려 엄마의 존재는 까맣게 잊어버린 지 오래였다. 그렇게 우리는 새로운 세상 속으로 첫걸음을 내딛었다.

집을 떠난 우리는 초등학교 6년 동안 학교에서 무엇을 접했는가. 한 마디로 요약하자면 그동안의 세계와 이별하고 새로운 문화를 접했다고 해야겠다. 가족이 아닌 친구들과의 관계. 다른 마을에 다른 사람들이 살고 있다는 것. 어떤 아이는 공부를 잘하고 어떤 아이는 나머지 공부를 한다는 것. 자기 책상과 의자가 있다는 것. 운동장에 모여 줄을 서서 조회를 하고 교장 선생님의 지루한 훈화를 들었던 것. 지린내가 진동하는 지저분한 공동 화장실을 이용하려고 쉬는 시간이면 줄을 서야 했던 것. 음악 시간이면 풍금을 날라야 했던 것. 공부도 잘하면서 예쁘기까지 한 여자아이를 훔쳐보면 가슴이 두근거리던 일. 집이 잘사는 아이가 있고 가난한 집의 아이가 있다는 것. 마음에 드는 선생님과 친구가 있고 보기만 해도 싫은 선생님과 친구가 있다는 것. 애향단(愛鄕團)이란 게 있어 토요일이 되면 같은 마을에 사는 아이들은 학년 구별 없이 다 같이 줄을 서서 귀가해야만 했던 것. 여름 방학이 끝나면 퇴비를 짊어지고 등교했던 것. 운동회나 소풍이면 엄마들이 따라와 함께 잔치를 벌였던 것. 아무리 찾으려고 애썼지만 찾을 수 없었던 보물, 기를 쓰고 뛰었지만 한 번도 하지 못한 달리기 일등. 도시락을 들고 교실로 찾아온 엄마가 창피해 눈을 돌렸던 일. 부모님의 학력이 창피해 한학(漢學)이라고 써서 제출했던 일. 그런데…… 이렇게 처음 접한 모든 새로운 문화가 결국 집과 부모를 조금씩 배신해 가는 과정이 아니었는가 하는 생각이 들면 문득 마음이 무거워진다. 우리는 대부분 고향을 떠나서 살고 있다.

고향은 어디에 있는가. 고향에는 누가 살고 있는가. 농사일을 하던 차림으로 학교에 찾아와 도시락을 건네던 엄마는 어디에 계신가. 고향의 초등학교 운동장에 걸려 있던 만국기는 여전히 펄럭이고 있을까. 우리의 코흘리개 친구들은 모두 안녕하신가. 겨울날 교실의 화목난로 위에서 고소한 들기름 냄새를 풍기던 도시락은 아직도 따스한가.

명절날 고향으로 간다는 건 과거의 따스했던 기억과 만나는 일일 것이다. 넓게만 보였던 학교 운동장이 고향집 마당만큼 작아진 걸 확인하게 될지도 모른다. 돌아갈 고향집이 안타깝게도 사라진 이들도 있을 것이다. 우리가 고향을 떠나 어른이 되는 동안에.

꿈

2000년이 막 시작되는 겨울이었다. 당시 나는 도시에서의 생활을 정리하고 대관령 고향집에 내려와 빈둥거리고 있었다. 한마디로 되는 일이라곤 없던 시절이었다. 소설가가 되고 싶었으나 소설가가 되지 못했고 산골 고향집까지 짐을 꾸려 내려왔으니 체면이 말이 아니었다. 두 곳의 지역 신문 신춘문예에 소설이 당선된 이력이 있었으나 그것을 가지고는 할 수 있는 게 별반 없었다. 소설을 쓰는 족족 중앙 일간지와 문예지에 응모를 했지만 십여 년째 낙방만 거듭하고 있었기에 마음은 거의 사막이나 다름없었다. 더군다나 나이까지 빠트리지 않고 차곡차곡 먹어 가고 있었다. 통장 속의 돈도 거의 바닥난 상태라 친구들과 술 한 잔 기분 좋게 마실 수도 없었다. 말 그대로 사면초가였다. 계속 소설을 쓰느냐, 많이 늦었지만 다른 일을 시작해야 하는 거 아니냐의 기로에 선, 새천년이 시작되는 겨울 한복판이었다.

그러던 어느 날 눈보라 날리는 장거리에서 막걸리를 마시고 하릴없이 시내를 한 바퀴 돌고 있는데 도서관 간판이 눈에 들어왔다. 도서관이라니! 강원도 산골짜기 진부라는 곳에 도서관이 떡하니 자리 잡고 있으니 추위와 취기가 동시에 달아나는 것 같았다. 그때까지 내가 알던 도서관은 1군 1도서관이었다. 당연히 나는 머리와 옷, 신발에 묻은 눈을 털고 새로 생긴 자그마한 도서관의 첫 번째 문을 열었다. 마치 보물이 가득한 동굴 속으로 들어가듯 잔뜩 긴장한 채 두 번째 문을 밀었다. 이곳저곳을 두리번거리다가 계단을 올라가 이층 서가의 책꽂이 사이로 몸을 숨겼다.

그렇다. 당시 나는 하루의 일정 시간 동안 숨을 곳이 필요했다. 사실 시골 마을에서 숨을 곳을 찾는다는 것은 쉽지 않은 일이었다. 집에는 부모님이 계시고 마을에는 어린 시절부터 아는 얼굴들이 지나다니고 장거리 역시 한 다리만 건너도 사돈에 팔촌이었다. 그런 상황이었기에 도서관은 더할 나위 없이 좋은 공간이었다. 당시만 하더라도 도서관에 대한 인식이 약했기에 이용객도 거의 없었다. 나는 서가의 책들을 차례차례 살피고 마음에 드는 책을 골라 읽어 나갔다. 어떤 날은 하루에 네 권의 책을 읽어 버리기도 했다. 마치 지독한 허기에 걸린 사람처럼 혀를 날름거리며 책 속의 글자들을, 문장을, 내용을 게걸스럽게 먹어 치우기 시작했다. 창밖으로 함박눈이 내렸고, 서쪽에서 밀려온 눈보라가 지나가고 있었지만 아랑곳하지 않았다. 자주 폭설이 내려 도로가 마비되기도 했지만 나는 그 천국의 도서관 방문을 멈추지 않았다. 아니, 천국의 도서관이 아니라 세상 끝에 자리한 도서관이라고 중얼거렸다. 오전 10시쯤 집을 나와 도서관에서 낮 시간을 보낸 뒤 오후 6시 막차를 타고 집으로 돌아갔다. 다시 소설을 쓰겠다는 생각도 없이 그저 책을 읽고 머리에 떠오르는 게 있으면 노트에 적었다. 책의 종류도 가리지 않았다. 낚시 책의 제목이 눈에 들어오면 낚시 책을 읽었고 동물에 관한 책이 마음을 당기면 그날은 그 책을 읽었다. 그 책들에는 이런 것들도 숨어 있었다. 물고기는 기억력과 통증이 약해 낚싯바늘에 걸린 사실을 곧 잊어버리고 다시 바늘을 숨긴 미끼를 향해 다가온다고…… 프롱혼이라는 초식동물은 대단히 빠른 속도로 초원을 달리는데 그 까닭은 지금은 사라진 과거 포식자의 유령을 보고 놀라서 달리는 거라고…… 그 모든 것들이 인생의 어떤 비유인 것만 같아 노트에 적어 놓고 시간이 날 때마다 다시 읽었다. 덕분에 내 노트는 그 어느 때보다 빠르게 두툼해지며 겨울과 봄, 그리고 여름을 건너가고 있었다. 호주머니는 어느새 텅텅 비어 가고 있었지만 나는 도서관을 떠나지 않았다. 여름의 끝자락부터는 노트에 소설 비슷한 것을 누에가 실을 토해내듯 조금씩 끼적거리기도 했다. 그리고 그해 가을 그 소설로 나는 소설가가 되었다.

세상 끝에 있는 것만 같았던 진부도서관으로부터 벌써 20년 세월이 흘러왔다. 도서관이 돈 없이도 책을 읽을 수 있는 곳이라면 서점은 읽고 싶은 책을 돈을 주고 사는 곳이다. 도서관보다 신간이 훨씬 빨리 들어오는 곳이다. 나 역시 서점을 들락거리던 시절이 있었다. 어렸을 때는 소년 잡지를 사러 들락거렸고(특별부록을 훔치다가 발각된 적도 있다!) 중고등학교 때는 참고서나 문제집을 구입하기 위해서였다. 본격적으로 서점을 찾기 시작한 건 당연히 대학 시절이다. 오프라인 서점이 한참 호황기를 누리던 그때 나는 서점의 문학 쪽 서가 앞에서 잔뜩 폼을 잡은 채 소설책과 시집을 뒤적거렸다. 마음에 드는 여자들이 어떤 책에 관심이 있는지를 기웃거리며. 슬그머니 다가가 말을 붙이기도 하면서. 고향집에서 보내 준 생활비를 쪼개 책을 사고 그 책을 옆구리에 낀 채 포장마차를 찾아가던 날들이었다. 그런데 세월의 여파는 만만찮아 온라인 서점이 오프라인 서점을 밀어 버리는 시대가 되고 말았다. 자주 이용했던 춘천의 학문사와 청구서점이 문을 닫았다는 소식을 전해 들었다. 어느 날은 옷가게로 변한 서점 앞에서 한참을 서 있기도 했다. 춘천의 서점뿐만이 아니었다. 서울의 종로서적도 마찬가지 길을 걸었다. 까닭이야 많고 많겠지만 하여튼 전국의 서점들이 하나둘 사라져 가고 있었다.

그러했기에 속초의 동아서점 이야기는 놀랍고 반가웠다. 속초라는 작은 도시에서 삼대에 걸쳐 운영하는 서점이라니. 결코 쉬운 일이 아닐 것이다. 사실 나는 그동안 거리에서 서점이 사라지는 것을 안타까워만 했지 누가 그 서점을 운영하는지에 대해서는 별 관심이 없었다. 내가 아는 서점 주인은 어린 시절 고향에 있었던 중앙서점이 전부였다. 안다기보다는 방학 때 고향에 가면 가끔 찾아가 꽤 오래 문학 쪽 책들을 살피며 엿본 게 고작이다. 방학이면 딸들이 부모 대신 침침한 서점을 지키고 있었고 서가의 책은 아무리 훑어보아도 선뜻 구입할 만한 게 없었다.

당연히 내게는 서점의 주인보다는 서가에 꽂혀 있는 책이 먼저였기에 그 정도의 관심이 다였다. 속초의 동아서점도 마찬가지였다. 가끔 속초에 갔을 때 한두 번 들어가 본 게 전부였다. 하지만 그들은 그동안 오래된 서점의 역사를 만들고 있었다. 1956년 처음 문을 연 동아서점이 할아버지, 아버지, 아들과 아내가 대를 이어 운영하고 있다는 사실을 알았을 때 왠지 모를 잔잔한 감동이 번져 왔다.

늦가을 비가 내리는 한낮에 동아서점에 도착해 아들 김영건 씨와 만나 이러저러한 이야기를 나눴다. 새 건물로 자리를 옮긴 동아서점은 서울의 대형 서점 못지않았다. 아니, 대형 서점을 아늑하게 압축해 놓은 인상이었다. 비록 자리를 옮겼지만 동아서점에는 할아버지 김종록의 시절, 아버지 김일수의 시절, 그리고 아들 김영건의 시절이 고스란히 포개져 그 내공을 은은하게 드러내고 있는 듯했다. 가을비가 도로와 인도를 적시는 풍경이 보이는 서점의 넓은 창가에 앉아 김영건 씨에게 서점 운영의 즐거움과 고충에 대해 물었다. 그는 먼 타지에서 소문을 듣고 일부러 속초의 서점까지 찾아온 손님 이야기며 진열된 책들 중에서 조금씩 손상된 책들만 골라 구입하는 고마운 손님 이야기를 들려줬다. 또 아버지와 함께 일하다 보니 서점이란 공간 안에서 사적인 부분과 공적인 부분의 접점을 찾기까지의 고충도 있다고 털어놓았다. 대학에서 불문학을 전공한 그는 서점을 운영하면서 놀랍게도 자신의 책까지 저술한 작가이기도 했다. 그가 쓴 동아서점 이야기인 『당신에게 말을 걸다』를 읽으며 나는 깜짝 놀랐다. 내용도 흥미로웠지만 필력이 예사롭지 않았기 때문이었다. 이 책 안에는 그가 서울에서 하던 일을 접고 아버지의 서점을 물려받아 새롭게 열기까지의 지난한 과정이 고스란히 담겨 있다. 아, 한 곳의 서점이 이렇게 어렵게 탄생하는구나! 마치 한 편의 소설처럼 흥미진진했다. 그 중 신간 배본에 대한 이야기를 옮기면 이렇다. '아직도 신간을 직접 주문하는 이유는 바로 이것이리라. 이 맛에, 그러니까 저 수많은 책 중에서 온전히 나의 감각만을 믿고 책을 선택하는 맛에 꿰뚫렸기 때문이겠다. 매주 출간되는 책들을 시시각각 체크하고, 주말엔 주요 일간지 지면에 어떤 책들이 소개되었는지 시간을 들여 읽어 보고, 그중에 또다시 어떤 책을 선택할 것인가 연거푸 고민을 거듭하다 싫증도 나지만, 어찌어찌하여 주문 직전 단계에선 어떤 책을 어디에 몇 권 진열할지 머릿속에 그려 보는, 생각만으로도 피곤해지는 이 모든 일. 하지만 그렇게 심사숙고를 거친 책의 단 한 권 판매만으로도 모든 피곤을 보상받는 일. 이렇게 말하고 나니 새삼 무슨 대도시의 중심부에서 일하는 세일즈맨처럼 비장하여 그만 웃음이 난다.' 어떤가? 당장이라도 속초의 동아서점으로 달려가 신간 코너를 들여다보고 싶지 않은가? 이런 서점 주인 만나는 거 결코 쉽지 않다. 아, 그는 서점의 단골손님이었던 분과 결혼까지 했는데 아니나 다를까, 헤어지기 전 마지막 말은 깨알 같은 아내 자랑이었다.

"의지가 굳어요. 제가 감정적으로 흔들릴 때 기본 가치를 잃지 않도록 도와줍니다."

아내 이수현은 『아주 사적인 속초 여행지도』를 그리고 쓴 작가이기도 하다. 그는 아내가 임신했을 때의 경험을 살려 '여성의 몸'이란 테마로 관련 책들을 모아 코너를 만들었는데 반응이 아주 좋다고 귀띔해 주었다. 서점을 나오면서 나는 고개를 끄떡였다. 그는 책을 사랑할 뿐만 아니라 아름답게 팔 줄 아는 사람이로구나.

속초의 늦가을을 적시는 가랑비는 그치지 않았다. 영금정 너머에서 들려오는 파도 소리를 들으며 한 끼를 때울 식당을 찾아 두리번거렸다. 서점에서 나오면 배가 고픈 게 나만의 생리현상인가? 하여튼 회덮밥과 홍게라면으로 배를 채운 뒤 속초시외버스터미널 바로 뒤편에 자리한 작은 서점 '완벽한 날들'을 찾았다. 어딘가로 떠나기 전 정차 중인 버스들의 꽁무니가 창 너머로 보이는 서점이었다. 첫인상부터 묘한 느낌을 불러일으키는 서점이었는데 젊은 주인 최윤복 씨의 표정과도 잘 어울렸다. 터미널, 버스들, 승차장과 하차장, 대합실, 그리고 주차장 모서리와 연결된 작은 서점과 함께 운영하는 이층의 게스트하우스…….

종합서점과 달리 작은 서점은 아무래도 책의 선택에서부터 서점주의 취향이 더 적극적으로 개입될 수밖에 없을 것이다. 최윤복 씨는 출판사와 협력하여 그 출판사의 책들을 집중적으로 판매하고 또 해당 책의 저자를 초청하여 독자들과 대화의 시간을 갖는다고 알려 주었다. 그리고 보니 출입문 옆에 김현 시인의 낭독회를 알리는 포스터가 붙어 있었다. 더불어 북토크, 독서 모임, 인디밴드의 공연, 그림책 원화 전시회 등등을 꾸준히 열고 있는데 자비로 강연료와 차비, 식비를 감당하다 보니 어려움이 적지 않다고 털어놓았다. 물어보니 그동안 완벽한 날들을 다녀간 문인들이 적지 않았다. 박준 시인, 조해진 소설가, 신미나 시인, 김이듬 시인, 김규항 작가…… 오, 내 입이 쩍 벌어질 정도였다.

속초가 고향인 최윤복 씨 역시 서울 생활을 접고 다시 고향으로 돌아온 경우였다. 속초터미널 뒤편 방치되었던 건재상 건물을 고쳐 일층은 서점과 찻집으로, 이층은 아담한 게스트하우스로 꾸몄다. 어떤 손님은 속초로 여행을 왔으면서도 멀리 가지 않고 며칠 동안 책만 읽다가 돌아간 경우도 있다고 했다. 딱 내가 꿈꾸는 여행이었다. 그는 일찌감치 문화 공간의 중요성을 인지하고 있었다. 한때 시민단체 일에도 관여하다가 작은 서점을 열게 되었다. 작은 서점은 서가에 진열된 책을 보면 서점주의 생각을 어느 정도 읽을 수가 있다. 대충 훑어보았는데도 그의 아름다운 고집을 느낄 수가 있었다. 그는 가능하다면 작가에게 한 달 정도 방을 제공하고 속초에 관한 아무 글이나 쓰게 하는 형식의 프로그램을 진행하고 싶다고 하였다. 오, 그 역시 내가 소원하는 것 중의 하나였다. 부디 자비를 쓰지 말고 적당한 지원을 받아서 그 프로그램을 실행에 옮길 수 있었으면 좋겠다. 마지막으로 그에게 손님이 책 좀 골라 달라고 부탁을 해 올 때 어떻게 하냐고 물었다. 언젠가 동네 어르신에게 그런 부탁을 받았는데 그는 그분의 관심사와 나이, 성향을 꼼꼼하게 물어본 다음 한 번에 한 권씩 책을 추천했다고 한다. 나는 최윤복 씨가 추천한 책이 무엇일까 궁금해 제목을 물어보았다. 그 책은 다름 아닌 2018년에 작고한 평론가 황현산의 『밤이 선생이다』 대활자본이었다! 음······ 옛날 옛적에 나는 황현산 선생님의 가장 못난 제자였다. 속초의 작은 서점 완벽한 날들에서 다시 만난 스승을 떠올리며 비에 젖은 골목길을 터벅터벅 걸었다.

그해 가을, 우여곡절 끝에 소설가가 된 나는 진부도서관을 떠나지 않고 아예 터를 잡았다. 서가의 책상에 앉아 책을 읽고, 소설을 썼다. 가끔 폭설이 내리고 눈보라가 지나가는 창밖을 바라보며 자그마치 십오 년을 보냈다. 그동안 사서들이 여러 번 바뀌고 이용객들이 파도처럼 밀려왔다가 떠나갔다. 그 어느 날 화장실에 갔다가 내 자리로 돌아오니 숙녀 한 분이 내가 펼쳐 놓은 책을 가만히 들여다보고 있었다. 나는 그녀에게 다가가 무슨 일이냐고 물었다. 그녀가 대답했다.

"제가 초등학생이었을 때 처음 진부도서관에 왔다가 아저씨를 봤어요. 그런데 중학생이었을 때도 있었고 고등학생 때에도 여기 있었어요. 대학생이 되어 가끔 고향집에 왔을 때도 있었고 요. 지금은 회사원이에요. 집에 일이 있어 왔다가 잠깐 들렀는데 아저씨가 아직도 계신 거예요. 너무 궁금해서…… 도대체 뭐 하 시는 분이에요?"

그러나 나도 결국 정들었던 진부도서관을 떠나 지금은 세상 의 도서관을 전전하며 책을 읽고 글을 쓰고 있다. 얼마 전 인터 넷에 이런 홍보 문구가 돌아다녔다. '지금 당신 곁에 있는 책의 52페이지를 펼쳐 다섯 번째 문장을 옮기세요. 책 제목은 밝히지 마시고…….' 그래서 나도 내 곁에 놓여 있는 책을 들여다보았다. 속초 동아서점에서 구입한 『당신에게 말을 걸다』『속초』『나는 속초의 배 목수입니다』, 그리고 완벽한 날들에서 구입한 『달몰 이』『이안 - 경계를 넘는 스토리텔러』『그리스의 끝 마니』가 지금 내 곁의 책들이다. 자, 어떤 책의 52페이지 다섯 번째 문장을 옮 길까?

— 나는 이 여행을 위해 그토록 많은 동반자를 찾았다.

그렇다. 모든 여행은 꿈의 여행이다.

눈꼽재기창
—가을밤 외로운 밤 벌레 우는 밤

밤이 깊어지면서 바람이 불기 시작했다. 앉은뱅이책상 옆에 세워 놓은 등잔불이 자꾸만 일렁거렸다. 불꽃이 위로 향하지 않고 금방이라도 꺼질 듯이 옆으로 가느다랗게 누우면 나는 재빨리 연필을 놓고 두 손으로 등잔불을 감쌌다. 그러면 등잔불은 넘어지려던 몸을 겨우 추스른 뒤 가까스로 일어났다. 방문을 모두 닫았지만 문틈으로 들어오는 바람은 어찌할 수가 없었다. 낮에 놀지 않고 숙제를 모두 끝냈더라면 나도 엄마 아버지를 따라 윗마을 큰댁으로 놀러 갈 수가 있었는데 마을 친구들과 어울려 운동장에서 어두워질 때까지 공을 찬 게 원인이었다. 결국 혼자 산골짜기 외딴집에 남아 등잔불 아래서 숙제를 하느라 궁상을 떨게 되었으니 입이 열 개라도 할 말이 없었다.

"니 혼자 집 보다 갈가지(범의 새끼)가 찾아와 놀래쿠면 우터 할라고?"

"요즘 세상에 갈가지가 어딨나. 있다 해도 우리 누렁이가 힘이 더 세다."

작은누나는 아예 큰집에서 자려고 책가방까지 챙긴 채 내게 물었다. 사실 약이 오를 대로 올라 있었지만 나는 애써 감췄다. 엄마와 아버지는 새벽에 돌아올 예정이고 누나는 큰집에서 자고 바로 학교로 등교할 예정이었다. 부럽기 그지없었지만 어쩔 수가 없었다. 담임 선생님이 워낙 무서워서 숙제를 안 해 간다는 것은 상상할 수도 없는 일이었다.

"무장공비가 총 들고 들어오면? 누렁이가 무장공비는 못 이길 텐데."

"누렁이는 무장공비도 이긴다."

집에서 내가 가장 아끼는 가축이 바로 누렁이였다. 누렁이는 낯선 사람이나 산짐승이 집으로 접근하면 어느 누구보다 먼저 눈치채고 사납게 짖는 개였다. 든든한 수문장이나 다름없었다. 언젠가 뜨내기 엿장수가 우리 집을 찾아왔다가 빈집이란 걸 알고 부뚜막에 걸려 있는 솥을 훔쳐 가려다 산 아래 비알밭에서 집까지 달려온 누렁이한테 된통 혼난 적이 있었다. 누렁이는 우리 동네에서 가장 똑똑한 개라고 소문이 나 있었다. 내가 누렁이를 데리고 동네에 산책을 나가면 부러워하지 않는 사람이 없었다. 목줄도 없이 든내놓고(풀어놓고) 키우는 개임에도 불구하고 누렁이는 언제나 나를 떠나지 않고 옆에서 지켜 주는 든든한 호위무사였다.

책상 앞에 앉아 눈을 부릅뜨고 머리를 쥐어뜯으며 숙제를 모두 끝마치니 밤 열 시가 되어 가고 있었다. 된(뒤란)으로 나가 방에서 흘러나온 희미한 등잔 불빛이 사라지는 곳에서 소변을 보았다.

바람은 그치지 않았다. 캄캄한 뒷산에서 내려오는 쏴아아— 하는 바람 소리가 마치 지난여름의 장마에 큰물이 흘러가는 소리처럼 들렸다. 한겨울인 듯 바람은 차가웠고 나는 온몸을 후드득 떨었다. 인기척을 채고 된으로 찾아온 누렁이가 꼬리를 흔들어 내 다리를 툭툭 쳐 주어서 그나마 다행이었다. 나는 누렁이의 머리를 쓰다듬어 주었다.

"보초 잘 서야 돼."

누렁이는 걱정 말라는 듯 내 손등을 혀로 핥아 주었다. 하지만 늦가을 밤 산골짜기의 어둠은 생각했던 것보다 더 캄캄해 살짝 겁이 났다. 금방이라도 어둠 속에서 무엇인가가 튀어나올 것만 같아 서둘러 방으로 들어갔다.

숙제를 할 땐 미처 생각하지 못했는데 혼자서 집을 보는 건 처음이었다. 학교에서 일찍 돌아온 날 몇 시간 동안 집을 지킨 게 다였다. 그땐 환한 대낮이라 문제될 게 없었다. 하지만 혼자 있는 밤은 많이 달랐다. 스산한 바람 소리마저 왠지 수상했다. 바람이 건드리고 지나가는 낯선 소리가 들리면 가슴이 철렁 내려앉았다. 물론 믿음직한 누렁이가 바깥을 지키고 있지만 누렁이보다 더 힘세고 무서운 무엇인가가 산골짜기 외딴집으로 찾아온다면? 누나의 말대로 갈가지나 무장간첩이라면? 생각이 거기까지 다다르자 내 마음은 급격히 흔들리기 시작했다.

우선 방문부터 하나씩 걸어 잠갔다. 문은 윗방에 두 개, 안방에 세 개였다. 문에 달린 동그란 들쇠를 문틀에 박아 놓은 걸쇠에다 걸었는데 혹시 몰라 숟가락까지 가져와 거기에 일일이 끼웠다. 가만…… 벅(정지, 부엌)으로 침입한다면? 나는 벅으로 연결된 문을 열고 나가 호야(남포등)에 불을 붙였다. 벅에도 앞문과 뒷문이 있었는데 잠금장치가 시원찮아 고심하다가 가느다란 밧줄로 문고리를 묶어 놓고 방으로 돌아왔다. 하지만 사실 시골집의 문들은 허술하기 그지없었다. 힘센 누군가가 나쁜 마음만먹는다면 창호지를 바른 문쯤은 간단하게 부숴 버릴 수 있었다. 더군다나 우리 집은 대문도 없었다.

된에서 무엇인가가 덜컹거렸다. 나는 동굴 같은 솜이불 속에들어가 베개를 베고 엎드려 머리만 이불 밖으로 내민 채 빌려 온책을 읽었다. 이번에는 앞마당에서 덜그럭거리는 소리가 들렸고이어 누렁이가 짖었다. 책을 밀쳐놓고 이불 속에서 기어 나가 문창호지를 오려내고 붙인 손바닥만 한 눈꼽재기창에 조심스럽게오른쪽 눈을 대고 바깥을 살폈다. 달빛이 어른거리는 마당엔 아무도 없었다. 대문 없는 마당 밖으로 이어진 길에도 미루나무 그림자만 바람에 일렁거렸다. 누렁이도 자기 집에 들어가 나처럼귀와 눈만 열어 놓은 채 바깥의 동정을 살피는 모양이었다. 나는눈꼽재기창 너머의 검고 시퍼런 밤의 곳곳을 점검한 뒤 다시 솜이불의 동굴 속으로 들어가 책을 펼쳤다.

'큰 바위 얼굴'이 되고 싶은 사람들의 이야기가 펼쳐지는 책은 흥미로웠으나 책의 내용 바깥에 암초가 많아 잘 넘어가지 않았다. 이번엔 윗방의 뒷문이 자그맣게 달칵거리는 소리가 들렸다. 마치 누군가가 도둑처럼 문을 열려고 하는 것 같았다. 그뿐만이 아니었다. 집 뒤편에서 갑자기 쿵! 하는 소리도 피어났다가 이내 사라졌다. 누가 담을 넘어왔단 말인가! 나는 책을 덮고 숨을 죽인 채 바깥의 동정에 귀를 기울이며 소리의 출처를 알아내려고 애를 썼다. 사실 대부분의 소리들은 바람이 만든 것일 게 틀림없었지만 불안한 마음은 자꾸만 상상의 가지를 여기저기로 끌어가고 있었다. 덩달아 등잔불도 휘청휘청 흔들거렸다. 때맞춰 벽에 걸린 괘종시계가 평소보다 엄청나게 큰 소리로 종을 치기 시작했다. 아주 천천히, 열한 번이나.

숙제를 해 가지 않아 담임 선생님께 혼이 나더라도 엄마 아버지를 따라 큰댁에 갔어야 했다. 책은 더 이상 눈에 들어오지 않았다. 잠을 잘까? 과연 잠이 올까? 지금이라도 누렁이를 데리고 큰댁에 갈까? 아냐. 가면 다들 혼자 집 지키는 게 무서워서 왔다고 놀릴 거야. 나는 이불 속에 엎드려 흔들거리는 등잔불을 보며 고민을 했다. 혼자서 집을 보는 게 이렇게 힘들고 무서울 줄은 미처 상상조차 하지 못한 일이었다. 아버지처럼 술을 마시고 잠들어 버릴까? 아버지가 먹다 남긴 술이 벽에 있을까? 있다 하더라도 쪽문을 열고 벽으로 가는 일도 엄두가 나지 않는 밤이었다.

석유가 떨어져 등잔불마저 꺼진 밤 나는 이불을 머리까지 뒤집어쓴 채 잠을 자려고 뒤척거렸다. 석유가 담긴 병은 헛간 벽에 걸려 있어서 가지러 갈 수도 없었다. 호야가 있었지만 연기 때문에 방에서는 사용할 수 없었다. 어쩔 수 없었다. 이불 속에서 꼼짝 않은 채 어서 빨리 아침이 오길 기다리는 수밖에. 괘종시계가 아까보다 더 크게 열두 번을 울렸는데 마치 범종 속에 갇혀 있는 듯했다. 다행히 바람이 다소 누그러졌는지 바깥에서 들려오는 소리가 아까처럼 사납지는 않았다. 대신 다른 불안들이 살금살금 고개를 내밀었다. 바로 〈전설의 고향〉에서 본 귀신들이 새록새록 떠오르기 시작한 것이다. 이불 밖에는 소복을 입고 피를 흘리는 처녀 귀신이 앉아 있을 것만 같았다. 꼬리가 아홉 개나 달린 여우가 공중제비를 하는 공동묘지에 누워 있다는 생각에서 벗어날 수 없었다. 마음속의 귀신들을 겨우 쫓아내자 이번엔 총을 든 무장공비들이 이승복의 집에 들이닥친 것처럼 내가 홀로 있는 집의 방문을 곧 부숴 버릴지도 모른다는 생각이 들었다. 그러면 나는 뭐라고 소리치지? 그러다 까무룩 잠이 들었는데 아니나 다를까, 잠들기 전의 상상은 꿈에까지 따라와 나를 악몽 속에 떠다니게 만들었다. 나는 처녀 귀신, 구미호, 갈가지, 무장공비들에게 번갈아 쫓겨 다니다가 이윽고 바닥이 보이지 않는 절벽 아래로 떨어지고 있었다.

학교에서 배운 동요의 가사처럼 '가을밤 고요한 밤 잠 안 오는 밤'이 아니라 가을밤 무서운 밤 식은땀 줄줄 흐르는 밤이었다.

달그장

"엄마, 뽀빠이 사 먹게 돈 좀 줘?"

"금방 점심 먹었는데 과자는 무슨 과자야!"

"아, 이십 원만 줘!"

"귀찮게 졸졸 따라다니지 말고 나가서 뽕오디나 따 먹어!"

아무리 애원을 해도 엄마는 십 원 한 푼도 주지 않고 밭으로 가 버렸고 나는 집이나 지키는 신세가 되었다. 아버지는 남의 집

일을 가셨고 형과 누나들은 학교에서 아직 돌아오지 않은 시간이었다. 심심하기 이를 데 없는 오후였다. 건넛마을로 놀러 가고 싶었지만 신작로 옆 송방(가겟방)을 지나쳐야 했다. 과자 생각이 간절했기에 화만 날 게 틀림없었다. 사실 과자는 밥보다 맛있었다. 꿀떡보다도 달콤했다. 하루 세끼를 과자만 먹고 살고 싶었지만 불행하게도 나는 송방의 막내아들이 아니었다. 엄마를 졸라 가끔 돈을 타내고 그 돈으로 과자를 사 먹어야만 하는 처지였다.

어쩔 수 없이 방으로 들어와 구구단을 외우려고 책상 앞에 앉았지만 뽀빠이는 머릿속에서 사라지지 않았다. 책을 덮고 윗방과 안방을 차례대로 뒤지기 시작했다. 형과 누나들의 책상 빼다지(서랍)와 벽에 걸어 놓은 옷의 주머니를 탐정이 증거물을 찾듯 수색해 나갔다. 설마 이십 원이 없겠는가 생각하며. 안방도 마찬가지였다. 안 입는 옷을 넣어 둔 귀(궤)와 시렁 위 보자기로 싸 놓은 겨울 이불 사이로 손을 넣었다. 엄마는 그런 곳에 돈을 숨겨 놓곤 하는 걸 봤기 때문이었다. 하지만…… 너무 큰돈이 발견되지 않기를 바라며 심지어는 장판 아래까지 뒤졌지만 허탕이었다. 오기가 발동한 나는 정지로 나갔다. 엄마는 어디에 돈을 숨겨 놓았을까 상상하며 어두컴컴한 정지를 둘러보았다. 먼저 찬장 앞으로 다가가 미닫이 유리문을 열었다. 포개 놓은, 크고 작은 빈 그릇을 하나씩 꺼내 안을 살폈다. 밥그릇, 국그릇, 냄비, 숟가락 통, 양념 통을 들었다 놓기를 반복했지만 후 불면 날아갈 것만 같은 일 원짜리나 오 원짜리 하나 보이지 않았다. 분명 엄마는 우리들이 학교에 갈 때 정지에서 돈을 꺼내 주곤 했는데…… 가느다란 싸릿가지를 찬장 아래에 넣어 쑤석거렸지만 역시 허사였다. 대체 엄마는 어디에 돈을 숨겨 놓았을까?

이제 남은 곳은 정지와 붙어 있는 광뿐이었다. 광은 곡물을 넣어 둔 단지들과 자루들이 있는 곳이었다. 단지의 뚜껑을 열자 그 안에서 묘한 냄새가 흘러나왔다. 옥수수, 각종 콩, 팥, 좁쌀 등등이 들어 있는 단지 안에 팔을 넣어 이리저리 휘저었으나 역시 기대했던 돈은 찾을 수 없었다. 벽에 박아 놓은 못에 걸려 있는 자루들도 마찬가지였다. 쳇바퀴 안에도 없었고 함지박 안에도 없었고 말린 나물을 담아 놓은 소쿠리 안에도 없었다. 나는 입술을 댓 발이나 내민 채 툴툴거리며 광을 나왔다.

그늘이 내려 있는 흙마루의 호박돌 위에 엉덩이를 걸치고 앉아 있자니 왠지 서럽고 눈물이 솟았다. 뽀빠이 한 봉을 사 먹을 돈 이십 원이 없다니. 결국 나는 훌쩍훌쩍 울기 시작했다. 그런 내 모습을 본 삽사리가 꼬리를 흔들었고 마구(외양간)의 암소가 머리를 내밀었다가 이내 모습을 감췄다. 뒷산에서 뻐꾸기만 가끔 우는 무료한 오후였다. 가족들이 집으로 돌아오려면 멀었고 뽀빠이는 아직 내 머릿속에서 지워지지 않고 있었다. 매일 버스를 타고 중학교에 가는 형 때문에 엄마는 분명 어딘가에 돈을 숨겨 놓았을 텐데 내 재주로는 도무지 찾을 수가 없으니 서럽지 않을 까닭이 없었다. 그 서러움에 겨워 눈물과 콧물을 훌쩍거리고 있을 때 마당 귀퉁이의 달그장에서 암탉이 꼬꼬댁거리며 울기 시작했다.

암탉이 둥지에서 알을 낳고 자랑을 하느라 우는 것이었다. 눈물에 젖어 있던 내 눈이 번쩍 떠졌다. 나는 손등으로 눈물과 콧물을 닦고 닭장으로 달려갔다.

어린 시절 내가 집에서 배웠던 말들은 초등학교에 들어가면서 서서히 사라졌다. 표준어가 아니었기 때문이다. 선생님은 강원도 사투리를 쓰지 말고 표준어를 써야 한다고 가르쳤다. 표준어를 써야지만 다른 지역의 사람들과 말이 통한다고 알려 줬다. 일본어에서 파생된 말 또한 마찬가지였다. 그러했기에 우리들은 자연스럽게 모어(母語)에서 멀어졌다. 받아쓰기 시간에 사투리나 일본어는 나오지 않았다. 그런 말들은 친구들과 놀 때나 싸울 때 저도 모르게 튀어나왔다. 선생님은 강원도 밖으로 나갔을 때 촌스러운 티를 내지 않으려면 표준어를 써야 한다고 알려 주었다. 하지만 당시에는 알지 못했다. 표준어란 것이 모어, 마음어, 사투리에 담긴 어떤 상상의 세계까지 빼앗아 간다는 사실을. 또 한 가지 중요한 점은 부모의 말과 자식의 말이 미세하게 달라져 간다는 것이었다. 한 예를 들면 이렇다. 우리 부모님은 횡계라는 지명을 홍계라고, 횡성을 홍성이라 발음을 했다. 나는 충남 홍성과 강원도 횡성 사이에서 갈등했다. 홍성에는 고모가 살지 않았고 횡성에는 살고 있었기 때문이었다. 정리하자면 닭장에 사는 닭은 왠지 서울 닭 같고 달그장이라 해야 비로소 강원도 닭, 어린 시절의 닭이 떠오른다 해야 할까. 물론 같은 닭이겠지만.

  달그장 말고도 우리들은 병아리나 닭을 달그새끼라 불렀다.
특히 닭이 부엌이나 방으로 몰래 들어와 객패(사고)를 쳤을 때
"이놈의 달그새끼야!"라고 욕을 했다. 그러니까 닭은 달그, 달걀
은 달그알, 닭똥은 달그똥이다.

  닭은 달걀과 닭고기를 수시로 제공하니 가난한 산골 사람들
입장에선 아주 유용한 가축 중 하나다. 밭을 가는 소가 아버지의
가축이라면 닭은 엄마의 가축이다. 달걀 하나로 많은 반찬을 만
들 수가 있다. 가족들이 반찬 투정을 하거나 귀한 손님이 오면
간편하게 닭을 잡는다. 소나 개, 돼지를 그렇게 할 수는 없다. 달
걀은 한데 모았다가 장날에 내다 팔 수도 있다. 때가 되면 알을
품어 병아리까지 부화하니 엄마들이 좋아하지 않을 수 없다. 옛
날 닭장이 없을 때엔 마구에서 소와 함께 키우기도 했다. 마구
뒤편에 횃대를 설치해 놓으면 닭들은 알아서 거기 올라가 잠든

다. 소는 닭과의 동거를 싫어하지 않았다. 소 닭 보듯 한다는 속
담은 거기에서 나왔을 것이다. 그렇다고 닭들이 착한 것만은 아
니다. 농사철이 끝나면 든내놓는데(풀어놓는데) 그때 정지나 방
문을 잘 닫아 놓지 않으면 귀신같이 알고 들어가 잭패를 부린다.
반찬 그릇을 쏟아 버리거나 방 안에 그 냄새나는 달그똥을 싸 놓
곤 한다. 닭의 특이한 점 중 하나는 알을 품어 부화를 시킨 암탉
이 병아리들의 엄마라는 것이다. 그 알들은 닭장의 모든 암탉들
이 낳은 알임에도 불구하고, 닭똥 냄새는 지독하기 그지없어서
새 운동화를 신고 학교에 가려다가 마당의 닭똥을 밟으면 기분
이 이만저만 나쁜 게 아니다.

그 봄날 오후 닭장으로 달려간 나는 암탉이 갓 낳은 알을 훔
쳐 손바닥에 올려놓고 건넛마을의 송방을 향해 달려갔다. 갓 낳
은 알의 따스함이 손바닥으로 전해졌다. 가끔 엄마가 장에 가지
않고 송방에서 알을 판다는 걸 떠올렸기 때문이었다. 알 하나가
이십 원이었다는 것도. 그렇다면 뽀빠이 한 봉과 물물교환을 할
수 있었다. 나는 좁은 언덕길을 달리고 또랑(도랑)을 뛰어넘고 널
이 빠진 데가 많은 나무다리를 조심스럽게 건넜다. 그게 다였다.

나무다리를 지나 제재소 마당을 지나다가 그만 돌부리에 걸
려 넘어지고 말았다. 나만 넘어진 게 아니라 내 손바닥에 올려놓
았던 달그알도 흙바닥에 떨어져 터져 버리고 말았다.

서러운 봄날이었다.

대굴령

대관령은 남쪽 땅에서 겨울이 가장 일찍 찾아온다. 지금은 예전보다 많이 약해졌지만 어린 시절 대관령의 추위와 눈, 바람은 정말 대단했다. 아침에 벅(정지)에서 세수를 하고 나와 방으로 들어가려다 차가운 문고리에 젖은 손이 쩍 달라붙었을 정도였다. 사나흘 줄곧 퍼부은 눈은 처마까지 닿았기에 그 눈을 치우느라 며칠이 걸리기도 했다. 길을 내느라 눈을 치면 그 눈은 어른들 키보다 더 높이 쌓이는 장관이 펼쳐졌다. 바람은 또 어떠한가. 힘들게 신작로로 나가는 눈길을 쳤는데 하룻밤 불어온 바람에 길은 온데간데없이 사라진 경우가 허다했다. 그 눈이 딱딱하게 굳으면 눈 치는 걸 포기하고 아예 그 위를 걸어 다녔다.

하지만 춥고 눈이 많이 내릴뿐더러 바람마저 사나운 대관령의 겨울을 어린 우리들은 무척 좋아했다. 추운 줄도 모르고 아버지가 깎아 준 나무스키를 비알밭이나 산골짜기에서 타느라 시간 가는 줄 몰랐다. 눈과 얼음은 대관령 아이들의 놀이터나 다름없었다. 추우면 눈밭이나 얼음 위에 모닥불을 피워 놓고 놀았다. 운동화와 양말, 바지 자락을 태우고 집에 들어가 엄마에게 야단맞는 일은 아무것도 아니었다.

물론 겨울도 여러 가지 겨울이 있었다. 좋은 겨울은 눈이 풍성한 겨울이고 가장 혹독한 겨울은 눈도 별로 없이 찬바람만 설치는 추운 겨울이었다. 그런 겨울이 오래 지속되면 산골 집의 샘물이 말라 갔다. 샘물이 마르면 집 옆의 도랑에 덮인 얼음을 깨고 그 물을 식수로 사용했다. 도랑물마저 마르면 어쩔 수 없이 마을을 가로지르는 개울까지 나가야만 했다. 아버지는 도끼로 개울의 두꺼운 얼음을 깨고 물구덩이를 만들었다. 그러면 우리는 저녁마다 양동이를 들고 가서 개울물을 퍼서 날랐는데 그 일은 귀찮고 힘들었다. 실수로 양동이를 쏟으면 신발과 바지가 금세 얼어붙었다. 바람 씽씽 부는 저녁에 양동이를 들고 개울을 몇 차례 갔다 와야만 밥상 주변에 둘러앉아 저녁을 먹을 수 있었다.

방은 춥지 않았다. 아버지가 산에 가서 부지런히 나무를 했기 때문이었다. 산골의 겨울은 일 년 동안 땔나무를 하는 계절이기도 했다. 눈이 없을 때는 지게를 지고 산에 들어가 나무를 했고 눈이 어느 정도 쌓이면 발구를 끌고 가 더 많은 나무를 했다. 리어카와 경운기는 한참 뒤에나 산골 마을에 모습을 드러냈다. 당시 우리나라의 산림법은 대단히 엄했는데 그 덕분에 산림감수의 위세가 대단했다. 국유림이나 사유림에 들어가 도벌을 하다 잡혀 가는 사람도 많았다. 그래서 마을의 어른들은 산에 들어가 나무를 하다가 산림감수가 퇴근을 한 뒤에야 나무를 실은 발구를 끌고 산에서 내려왔다. 엄마는 아버지가 산에서 내려오는 시간을 신기하게 알고 방에 엎드려 라디오를 듣는 우리들을 어둑어둑한 산 밑으로 보냈다. 평지에선 나무를 가득 실은 발구를 뒤에서 밀어야만 했기에. 참나무 가지를 묶은 나뭇단 속에는 가끔 아름드리 소나무 줄기가 숨어 있곤 했는데 그때마다 나는 가슴이 덜컥 내려앉곤 했다. 혹시라도 아버지가 산림감수에게 잡혀갈까 봐 온 힘을 다해 발구를 밀었다.

아버지는 나뭇단을 통째로 울타리에다 쌓았는데 그러면 나무도 잘 마르고 바람도 막아 주므로 집은 한결 아늑해졌다. 엄마는 그 나무를 조금씩 벅으로 가져와 손도끼로 잘라서 버강지(아궁이)에 넣고 불을 피웠다. 부뚜막에 걸어 놓은 솥으로 밥을 하고 가마솥에다간 여물을 끓였다. 버강지에 알불이 나면 부삽으로 꺼내 화리(화로)에 담아 다리쇠를 올려놓고 국과 찌개를 끓였다. 간혹 샛바람이 부는 날은 내구운(매운) 연기가 굴뚝으로 가지 않고 한꺼번에 버강지로 나와 눈물을 흘리는 저녁도 있었다. 아버지가 산에서 늦게 돌아온 날은 밥상을 방으로 가져가지 않고 벅 바닥에 놓은 채 둘러앉아 저녁을 먹기도 했다. 벽에 걸린 남포등은 식구들의 그림자를 길게 만들었고 벅문(부엌문) 밖에선 눈발이 펄펄 날렸다.

대관령의 겨울밤은 길고 깊다. 그런 밤이면 마을의 아주머니들은 약속이나 한 듯 우리 집으로 놀러 왔다. 그녀들은 밤새도록 달보기(화투 놀이의 하나)를 쳤다. 달보기만 치는 게 아니라 지난 일 년 동안 산골 마을에서 일어났던 일들을 하나하나 복기하며 품평회를 했다. 아버지도 그 틈에 끼어 술을 마시며 화투를 쳤다. 달보기는 강냉이알과 성냥개비를 돈 대신 썼는데 모두 다 친 다음에 돈으로 바꿨다. 그래 봤자 십 원짜리가 오고 가는 화투였다. 그녀들은 화투를 쳐 돈을 따려는 게 아니라 길고 깊은 겨울밤을 건너갈 목적으로 화투짝을 군용 모포에 내려치는 것이었다. 나도 그 옆에 쭈그리고 앉아 화투짝이 그렸다가 지우길 반복하는 그림들을 신기하게 구경하며, 때론 하품도 하며 긴긴 겨울밤을 건너갔는데 그러다 보면 아버지는 엄마에게 주문을 했다.

"입입 굽굽한데(출출한데) 뭐 먹을 것 좀 만들지 그래."

"계속 술 마시는 사람 입이 뭐가 굽굽해요."

"술 마시는 입하고 다른 입이야."

자정 넘은 시간 엄마는 벽으로 나가 음식을 뚝딱 만들었는데 그게 바로 내가 좋아하는 뚜덕국이었다. 뚜덕국은 수제비다. 달보기를 치던 그녀들은 군용 담요를 밀쳐놓고 김이 솟는 뚜덕국을 후후 불며 먹었다. 마을의 아주머니들은 하루는 이 집, 또 하루는 저 집, 이런 순으로 돌아가며 달보기를 치고 얘기를 나누고 음식을 나눠 먹으며 겨울밤을 건너갔다. 그러다 새벽이 되어서야 아이고 고뱅이(무릎)야, 신음을 내뱉으며 자리에서 일어났다. 집에 가서 아침밥을 지어야 했기 때문이다. 텔레비전도 전화기도 없던 시절 그녀들은 달보기를 칠 다음 집을 정하고 헤어졌다.

대관령의 눈은 새벽에 처음 시작되는 경우가 많았다. 아마 새벽에 온도가 떨어지는 경우가 많아서일 것이다. 전날 저녁 아무런 낌새도 눈치채지 못하고 자다가 아침에 일어나 폭설을 만나면 경이롭기까지 했다. 눈이 귀한 초겨울엔 더더욱 그랬다. 그런 날이면 아침밥도 먹기 전 옷을 두툼하게 입고 아버지의 털장화를 신고서 마당으로 나갔다. 넉가래나 삽, 싸리비를 들고 마을로 나가는 길을 쳤다. 눈이 내리면 나는 늘 마을로 나가는 길을 먼저 쳤다. 엄마는 당연히 헛간이나 장독대 가는 길의 눈을 쓸었고 아버지는 외양간의 소와 관련된 곳을 먼저 선택했다. 그러다가 방으로 들어와 다 같이 아침밥을 먹고 그다음에 다시 본격적으로 눈을 칠 준비를 했다.

눈이 내리는 날은 산골 마을이 한층 더 조용해졌다. 새들도 눈이 내리는 날은 어딘가에서 침묵을 고수했다. 산토끼, 멧돼지, 고라니, 오소리, 너구리도 모습을 보이지 않았다. 가끔 소가 울고 개가 짖을 뿐이었다. 눈이 내리는 날은 사람들도 웬만한 일이 아니면 돌아다니지 않고 따스한 구들장에 누워 낮잠이나 청했다. 눈을 쳐도 기껏해야 울타리 안이 전부였다. 꼭 필요한 곳으로 가는 길만 치고 다시 집으로 들어가 등과 엉덩이를 지졌다. 그것은 눈에 익숙한 대관령 산골 사람들의 눈에 대한 예의일지도 모른다. 괜히 나가 일도 제대로 못 하면서 옷만 적시고 들어온다는 핀잔을 듣는 게 싫다면 그냥 낮잠이나 자는 게 낫다. 눈이 내리는 날은 가난한 산골 사람들이 모처럼 쉬는 날이었다. 집

승들도 마찬가지다. 나가 봤자 모든 게 눈에 덮여 있어 먹을 것
조차 찾을 수 없다는 것을 잘 알고 있었다.

폭설이 그치면 그제야 산골 사람들은 비로소 기지개를 켜고
일어났다. 대문 밖으로 나가 마을을 덮은 눈을 바라보며 이렇게
중얼거렸다.

"달부 어엽게 내렸네야!"

대장집

어린 시절 마을의 대장간은 늘 신기한 곳이었다. 마을 사람들은 그 집을 대장집, 대장장이를 대장, 그의 아내를 대장댁이라 불렀다. 산골 마을의 대장간이라 그런지 모양이 번듯하지는 않았다. 마당 귀퉁이에 헛간처럼 지어 놓았는데도 불구하고 가끔 그곳을 지나칠 때면 호기심을 참지 못하고 기웃거리곤 했다. 단단한 쇠를 달궈 무엇인가를 만든다는 게 신기하기 이를 데 없었다. 아버지나 엄마가 주문한 낫이나 식칼을 찾아오라고 할 땐 다른 어떤 심부름보다 신이 나서 한달음에 뛰어갈 정도였다. 왜냐하면 좀 더 많은 과정을 눈치 보지 않고 구경할 수 있었기에. 화덕에서 피어오르는 빨간 불, 그 화덕에 바람을 불어 넣는 풀무, 벌겋게 달궈진 쇳덩이를 땅 땅 내려치는 메질, 달아오른 쇠를 물통에 담글 때 피어나는 연기…… 그러다 보면 어느새 쇳덩이가 낫이나 식칼로 변신을 하니 그야말로 신통방통한 일이었다. 대장집이 부러운 건 그뿐만이 아니었다. 대장집의 자식들은 다른 아이들과는 격이 다른 놀이 기구를 소유하고 있었다. 겨울철 나무스키에 장착한 바인딩이며 얼음썰매의 날은 튼튼하고 맵시가 있고 성능 또한 뛰어났다. 반면 우리들의 스키나 썰매는 정반대였기에, 어린 시절 내 꿈 중의 하나가 바로 대장이 되는 것이었다. 호칭도 얼마나 근사했던가. 나도 뜨거운 불에 쇠를 달궈 세상에서 단 하나밖에 없는 무엇인가를 구슬땀을 흘리며 만들고 싶었다.

그러나 나는 오랫동안 대장간을 잊고 살았다. 마을의 대장간도 사라졌다. 마을 밖의 대장간들도 빠른 속도로 사라지고 있었다. 이유는 간단했다. 공장에서 기계로 연장들을 대량으로 찍어내는 시대가 되었기 때문이다. 거기에다 값싼 중국산 연장들이 시장을 잠식해 버렸다. 또 한 가지 이유를 꼽는다면 아마도 농업인구의 감소와 농업의 기계화다. 이 모든 여파로 인해 우리 대장간이 설 자리가 사라진 것이다. 사람들은 사양길에 접어든 대장간을 모른 척하고 지나쳤다. 대장간에 가지 않아도 그리 불편한게 없으니까. 나 역시 그러했다. 대장이 되고 싶었던 꿈은 이루어지지 않았지만 전혀 아쉽지 않았다. 세상엔 사라져 가는 대장간보다 흥미진진한 게 넘치도록 많았으니까. 그렇게 오래 잊고 지냈던 대장간을 목련이 피어나는 봄날 춘천의 소양로에서 다시 만났다.

대장간의 상호는 '강동대장간'이었다. 대장장이 박경환 씨가 잠시 자리를 비운 대장간을 설레는 마음으로 둘러보았다. 갈탄을 연료로 쓰는 화덕, 풀무의 역할을 하는 전기 송풍기, 그 옆에 걸려 있는 여러 집게들, 담금질을 할 때 쓰이는 물통, 큰 모루와 작은 모루, 숫돌과 연마기, 그리고 망치들. 유리창 앞에는 호미,

목낫, 괭이, 곡괭이, 자귀, 식칼, 도끼 들이 진열돼 있었다. 전면 벽에는 노동부 지정 '기능전수자의 집'이란 명패가 먼저 눈에 들어왔고 그 옆에는 엿장수 가위, 산돼지를 사냥할 때 쓰는 창날, 갈고리, 예전에 사용했던 나무 문패(대장간이라고 먹으로 쓴)가 걸려 있었다. 이 대장간은 대장장이 박경환 씨의 아버지인 고 박수연 씨가 1963년에 처음 문을 열었다. 박수연 씨는 2005년 정부로부터 기능전승자로 선정되었다. 박경환 씨는 아버지의 업을 이어받은 것이었다. 쉬운 결정이 아니었을 것이란 짐작을 하며 큰 모루에 새겨진 자국들을 눈여겨보고 있을 때 박경환 씨가 외출에서 돌아왔다. 인사를 나누며 슬쩍 인상을 살폈는데 역시나 예사롭지 않았다. 고독한 대장장이의 길을 고수하는 어떤 고집이 그의 얼굴에 무쇠처럼 덮여 있었다. 자, 이제 그의 이야기와 그가 쇠를 달구고 두드려 만드는 것들을 지켜보자. 벽에 걸린, 유리에 그을음이 가득한 둥근 시계의 바늘은 어느덧 정오를 넘어서고 있었다.

"호미를 만들어 볼게요."

그는 건목이라고 부르는, 한 자 조금 더 되어 보이는 길이의 무쇠 두 개를 가져왔다. 건목은 물건을 만들 때 다듬지 않고 대강 형태만 만들어 놓은 것을 부르는 용어라 한다. 모양을 내려고 그 건목을 그라인더에 가져가자 전체적으로 침침했던 대장간은 불꽃놀이를 하듯 순식간에 환해졌다. 이어 송풍기 전원을 올리자 화덕의 갈탄이 벌겋게 피어오르기 시작했다. 두 개의 호미가 될 무쇠 덩어리는 생선처럼 화덕 위에 올라갔다. 화덕의 온도는 1500도를 넘나드는데 그 열기에 무쇠가 녹아 시뻘겋게 변했을 때 비로소 메질을 시작할 수 있었다. 유능한 대장장이는 달구어지는 무쇠의 색깔만 봐도 메질의 시기를 가늠할 수 있을 터였다. 무쇠가 화덕 위에서 녹는 동안 그는 호미의 자루 이야기를 꺼냈는데 내 예상과 달리 자신은 버드나무를 사용한다고 했다. 버드나무는 약해 보이지만 물기에 썩지 않고 마르면 단단해지고 또 갈라지지 않는단다. 다래나무와 우리 고유의 자작나무도 괜찮다고 한다. 수입한 목재 대신 우리 목재를 직접 깎아서 사용한다고 말하는 그의 표정에 어떤 결기가 슬쩍 비쳤다가 사라졌다. 물건이 거지같이 나와도 내 물건만 판다는 신념을 토로할 땐 슬쩍 겁이 날 정도였다. 그때, 미용실에서 머리를 하다 대기 시간에 잠시 나온 듯한 할머니 한 분이 머리에 비닐 모자를 뒤집어쓴 채 들어왔다. 할머니는 자그마한 식칼 하나를 고른 뒤 찾으러 올 시간을 확인하고 대장간을 나갔다. 다행이었다. 화덕의 갈탄은 발갛게 피어올랐고 그 위에 놓인 무쇠는 용암처럼 변해 있었다.

호미란 무엇인가. 논밭의 김을 매거나 감자나 고구마를 캘 때 사용하는 연장이다. 옛날에는 동서(東鋤), 즉 동쪽 나라의 호미라고 했는데 우리나라에서만 볼 수 있는 연장이다. 세 변의 길이가 각기 다른 삼각형 모양의 한쪽 모서리에 목을 이어 대고 거기에 자루를 박은 독특한 형태가 바로 호미다. 용도에 따라 다양한 모양새가 있는데 강원도의 양귀호미는 날이 크고 날 끝이 평평하다. 자루도 길고 전체적으로 무겁다. 날이 평평한 것은 토양이 척박해 잡초의 뿌리가 땅속으로 깊이 들어가지 않기 때문에 겉흙만 긁어도 김을 맬 수 있기 때문이다. 밭에 돌이 많고 흙이 거칠기에 그것을 이기려면 날이 무겁고 자루도 길어야 한다. 어린 시절 우리는 호미를 호맹이라 불렀는데 헛간의 처마 밑에는 조금씩 모양이 다른 호맹이들이 줄줄이 걸려 있었다. 그것뿐인가. 대장간에서 만든 각종 농기구들이 다양하게 구비돼 있었는데 그 이름과 모양을 익히는 것도 고된 일이었다.

다시 대장간으로 돌아가 대장장이 박경환 씨의 호미 이야기를 들었다. 호미를 만들 때 가장 중요한 점은 흙 속으로 들어간 날이 흙을 안고 가냐 가르고 가냐이다. 안고 가면 힘이 들고 가르고 가면 편하다. 앞날은 흙을 안아야 하고 뒷날은 갈라야 한다, 그래서 앞날과 뒷날의 형태를 트집 잡는 게 쉽지 않다고 한다. 각이 조금만 틀어져도 힘이 비효율적으로 들어간다고 덧붙였다. 그는 여러 연장 중 만들기가 가장 어려운 게 호미인데 아버지가 만든 호미가 최고라고 칭송했다. 강원도의 호미를 산전호미라 부르고 특징은 슴베가 짧다고, 그래야 힘을 쓴다고. 마침내 트집 잡기가 시작됐다. 화덕에서 꺼낸 무쇠를 집게로 집어 모루 위에 올려놓고 망치로 두드리기 시작한다. 세 번에 걸쳐 해야 하는데, 첫 번째 일은 호미의 목 부분을 두드리고 다듬는 일이었다. 그다음에 적당한 각도로 목을 구부렸다. 무쇠를 잡는 집게는 물건의 크기에 따라 고른다. 불의 색깔을 보고 화덕에서 무쇠를 꺼내 메질을 하는데, 호미는 보통 여섯 개 정도를 동시에 작업한다. 붉게 달구어진 무쇠를 이리저리 돌려 식기 전에 모양을 잡는 일이 바쁘게 이어졌다. 그러다 붉은빛이 사라지면 다시 화덕에 올려놓고 다음 무쇠를 꺼내 같은 작업을 반복한다. 목이 만들어지면 다음엔 날을 만들기 위한 메질이 시작된다. 그는 그 작업을 본 트집을 잡는 일이라고 했다. 침대는 가구가 아니라 과학이라는 광고도 있지만, 내가 볼 때는 호미가 과학이었다. 뾰족한 앞날과 뭉툭한 뒷날의 묘한 각도, 구부러진 목과 날 사이의 거리 (한 뼘 정도), 날의 수평…… 작은 호미 하나에 너무 많은 비밀이 숨겨져 있다는 것을 새삼 확인하는 과정이었다. 호미의 날과 목을 완성한 뒤 마지막으로 화덕에서 달궈지는 부분은 슴베였다. 그는 붉은 쇠창살 같은 슴베를 댕기 두른 자루에 꽂았다. 나무 타는 연기가 와락 피어났다. 그리고 꺼냈다. 까닭을 물으니 1차로 길을 만드는 과정이라고 했다. 아, 한 번에 꽂아 버리는 게 아니구나!

쇠를 달구어 온갖 연장을 만드는 곳이 대장간이다. 대장장이는 누구인가. 옛날에는 대장장이가 되려면 일하는 사람 옆에서 부채질부터 시작했다고 한다. 다음엔 풀무질, 이어서 망치질(메질), 집게질로 옮겨 갔는데 근 십 년을 해야 이름 석 자를 내걸수 있었다. 조선시대의 화가 김홍도의 그림 중에도 대장간 풍경이 있다. 그 그림에는 모두 다섯 명의 사내가 등장한다. 풀무질을 하는 소년, 집게로 모루에 올려놓은 무쇠를 잡고 있는 사내,

쇠망치를 들고 메질을 하는 사내 둘, 마지막으로 숫돌로 낫을 갈고 있는 청년. 아마 대장간이 전성기를 누리던 시절의 풍경일 것이다. 대장장이는 청동기의 출현과 동시에 등장했다. 기록상으로는 신라시대부터 등장하는데 철을 주조하는 관서가 따로 있어 무기, 생활용품, 농기구 등을 제작했다. 이후 고려와 조선으로 이어졌는데 하는 일의 세분화도 함께 진행되었다. 조선 후기에 와서 무쇠를 다루는 일인 수철장(水鐵匠)만을 대장장이라 일컬었다. 대장장이는 관청에 소속되었는데 일반 일도 같이 했으며 이후 일반 일이 압도적으로 많게 되었다. 다시 말해서 대장장이는 아주 오래전부터 쇠붙이를 다루는 장인이었다. 쇠를 다루는 정신과 얼을 온몸에 새기고 있는 사람인 것이다. 비록 산업 구조의 개편으로 대장간의 일들이 거의 대부분 대량 생산 체제의 공장으로 편입됐지만 이 세상에는 아직도 단단한 쇠를 녹여 메질과 담금질을 하는 고집 센 대장장이가 있는 법이다. 어쩌면 그게 이 세상의 숨통 중 하나일지도 모른다는 생각이 들었다. 수지타산이 맞지 않아도, 손목과 팔꿈치와 어깨가 아파도, 묵묵히 무쇠를 녹이는 대장장이, 아니 대장.

대장장이 최경환 씨는 아버지 곁에서 메질을 십 년 가까이 했다. 그의 지론 중 하나는 메질하는 것만 봐도 실력을 알 수 있다고. 그는 메질을 하는 동안 파스로 온몸을 도배하며 살았다. 처음에는 아버지가 운영하는 대장간 옆에서 낚시용품점을 했는데 가끔 들여다보지 않을 수 없었고 결국 메질을 하게 되었다.

아마도 아버지의 고단수 의중에 낚인 게 분명해 보였다. 하지만 꼭 그것만은 아닐 것이다. 그는 태어날 때부터 대장의 아들이었다. 거부할 수 없는 그 힘이 그를 끌어들였을 것이고 그 또한 기꺼이 응했을 것이다. 소양로에 위치한 강동대장간의 주요 고객은 춘천 서면 사람들이었다. 가까운 곳에 서면과 춘천을 연결하는 나루터와 번개시장이 있다. 한때는 손님들이 줄을 설 정도였다. 당시 소양로에만 다섯 개의 대장간이 있었다고 한다. 그러나 중국산을 비롯해 공장에서 대량으로 찍어내는 농기구가 철물점에 등장하면서 대장간의 수제품은 가격 경쟁력을 잃기 시작했다. 결국 신물이 나서 삼 년 정도 쉬기도 했다. 그 기간에 그는 무슨 생각을 했을까? 어떤 이유로 다시 대장간 문을 열었을까. 추측하건대 그를 일으켜 세운 건 고집과 자부심일 것이다. 철물점에 가면 낫 하나의 가격이 얼마인데 여긴 왜 이렇게 비싸냐는 손님들의 불만에 그는 정면으로 맞섰다. 정성을 다해 물건을 만들고 일한 만큼 돈을 받는다. 그가 칼 한 자루, 낫 한 자루를 만드는 과정을 지켜본 사람들은 고개를 끄떡였다. 나 역시 고개를 끄떡인 뒤 그에게 미래를 물었다. 그는 대장간 박물관과 작업장, 실습 공간이 함께 있는 공간을 꿈꾸고 있다고 말해 주었다. 부디 그 꿈을 이루었으면 좋겠다. 아니, 그 꿈은 반드시 이루어져야만 한다. 그곳은 이 세상의 숨통 중 하나일 테니까.

대장간을 나서려고 할 때 그는 비로소 할머니가 부탁한 식칼을 잡았다. 나는 걸음을 멈췄다. 식칼의 탄생을 지켜보고 싶었다. 어느 정도 완성된 식칼을 연마하는 과정이었다. 먼저 굵은 그라인더로 불꽃을 튕겨내며 칼날을 갈았다. 그다음엔 부드러운 연마기. 이 공정이 위험한데 그는 지금껏 세 번이나 다쳐 손가락을 꿰맸다. 물이 흐르는 연마기 위에 날카로운 칼날을 올려놓고 손으로 지그시 누르는 장면은 내가 보기에도 아슬아슬했다. 그때 칼을 주문한 할머니가 대장간으로 들어와 함께 지켜보았다. 다음은 숫돌이다. 담금질용 물통에 담겨 있던 숫돌을 꺼내 다시 칼을 갈았다. 마지막으로 아주 섬세한 그라인더로 마무리를 했다. 고가의 칼은 여기에 숫돌 두 단계가 더 들어간다고 한다. 자, 이제 시험만이 남았다. 그는 칼날에 종이를 가져갔다.

소리 없이…… 종이가……… 잘려 나갔다. 종이에 의식이란 게 있다면 아마 잘라진지도 모를 것 같았다. 나도 따라 해 보았다. 스윽, 내 마음에 금이 가는 소리…….

강동대장간을 나와 소양로를 터벅터벅 걸었다. 배가 고팠다. 목련이 피어나는 봄날이었다. 걷다 보니 파헤쳐진 도심 한가운데에 칠층석탑 하나가 외로이 서 있었다.

두메산골

1959년 겨울 문화인류학을 공부하는 대학생이 우연한 기회에 평창의 두메산골인 대관령면 용산과 진부면 봉산을 찾게 되었다. 그가 겨울 내내 쌓인 눈으로 덮여 있는 해발 1000여 미터가 넘는 발왕재(지금의 용평스키장이 자리한 발왕산의 남쪽 고개)를 넘어 봉산리를 찾아가게 된 계기는 이렇다. 오대산 등산을 갔다가 내려와 옛날 도암면사무소가 있던 유천리의 어느 식당에서 국밥을 먹고 나왔는데 흰 바지저고리에 머리를 길게 땋은 청년을 만난 것이었다. 그 당시에도 이미 한복과 댕기머리는 예사롭지 않은 행색이었던 모양이다. 어디 사냐고 청년에게 물으니 봉두곤에 산다는 대답이 돌아왔다. 인류학도의 봉산(봉두곤) 방문은 그렇게 첫걸음을 내딛게 되었다.

그 대학생이 봉산리와 용산2리를 연구 지역으로 선정한 이유는 두 마을이 오지 중의 오지였기 때문이다. 봉산리에서 버스가 지나가는 곳(진부나 횡계)까지 가려면 걸어서 다섯 시간이 소요되었고 용산2리는 지금의 용평스키장(1975년 개장) 오른편에 자리한 골짜기였으니 봉산리보다는 조금 나은 형편이었다. 오지에는 급속히 사라져 가는 우리의 전통문화와 생활 관습이 바깥세상의 때를 타지 않은 채 비교적 잘 남아 있다. 그는 이듬해 여름

다시 발왕산 발왕재를 사이에 둔 두 마을을 방문해 본격적으로 주민들의 생활상을 조사해 나갔다. 조사에 따르면 1960년 봉산리의 인구는 221명, 용산2리는 427명이었다. 오지인지라 교육 수준도 형편없었다. 주민들의 반수 이상이 문맹이었고 초등학교도 없었다. 감자와 옥수수가 거의 주식이었다. 상대적으로 더 오지인 봉산리는 예전부터 『정감록』에 등장하는 피란처였는데 일제의 징병과 징용을 피하려고 들어온 사람들이 화전을 일구며 살아갔다고 한다. 두 마을 사람들은 대부분 농업에 종사했는데 부업으로 양봉, 양잠, 산판의 벌목 작업, 약초 채취, 나무장사 등을 하며 살았다. 농작물은 감자, 옥수수, 콩, 팥, 귀리, 호밀, 메밀 위주고 용산2리에는 그나마 논이 조금 있어 벼를 재배할 수 있었다. 그들은 주로 진부장을 이용했는데 봉산리는 일찍 아침을 먹고 출발해도 점심때가 되어서야 장거리에 도착했다고 한다. 장을 보고 집에 돌아오면 캄캄한 밤이었고.

　오십여 년 전 강원도 두메산골의 이야기는 여기가 끝이 아니고 줄줄이 흥미롭게 이어진다. 물론 이 인류학도의 보고서에 지대한 흥미를 갖는 것은 바로 내 고향의 옛날이야기이기 때문이다. 우리들의 할아버지 할머니 부모님 세대들의 이야기인 것이다. 내가 태어나기도 전에 살았던 고향 사람들의 삶을 엿볼 수 있다면 나와의 어떤 연결 고리를 찾을 수 있기 때문이다. 어린 시절 부모님에게 들었던 옛날이야기들이 이 객관적인 보고서를 통해 구체적인 모습으로 얼굴을 드러내는 걸 확인할 수 있었다.

바로 내 이웃인 가난한 민초들의 삶이 역사 속으로 진입할 수도 있다는 희열을 느낄 수 있었다. 어린 시절 나도 어느 골짜기에서 진부장을 보러 나온 한 사람을 보았다. 그는 갓을 쓰고 한복을 입고 있었다. 이상했다. 미친 사람이 아닌가 하는 생각마저 들었다. 조선시대 사람이 타임머신을 타고 갑자기 툭 튀어나온 것만 같았다. 지금 생각하니 그는 우리들의 할아버지나 다름없었다.

이 보고서를 쓴 인류학자는 오십 년 뒤 팔순의 노인이 되어 다시 두 마을로 찾아왔다. 그 세월 동안 많은 변화가 있었는데 그 중 하나는 봉산리 인구 29명, 용산2리 인구가 63명이 되었다는 점이다. 나는 인류학자가 쓴 책『평창 두메산골 50년』을 오래 들여다보았다. 두 마을 사람들은 모두 어디로 갔을까.

등잔과 호야

대관령 우리 집에 전기가 들어온 것은 내가 중학교 2학년 (1980년)일 때였다. 학교에 갔다가 돌아오니 엄마가 반가운 얼굴로 집에 전기가 들어왔다고 알려 주었다. 이제부턴 더 열심히 공부하라는 당부와 함께. 내 방에 들어가니 과연 천장에 백열등이 매달려 있었고 스위치를 누르자 전구에 불이 환하게 들어와 마치 대낮처럼 밝았다. 대략 만 개 정도의 등잔불을 밝혀 놓은 것만 같았으니 엄마의 말대로 더 이상 흐린 등잔불 때문에 공부를할 수 없다는 핑계를 댈 수 없게 되었다. 전봇대가 세워지고 전기가 들어오기 전까지 밤이면 우리 집은 등잔 두 개와 호야(남포등)로 불을 밝혔다.

등잔은 깡통으로 만든 것이었는데 아버지가 직접 만든 것이었는지는 잘 기억나지 않는다. 그다지 볼품은 없었는데 그래도 밤이 되면 방에서 가장 중요한 물건이었다. 아버지가 나무로 만든 등잔대 위에 등잔을 올려놓고 저녁을 먹었으며 그 옆에 엎드려 누나와 나는 숙제를 했다. 손가락으로 그림자놀이를 하기도 했는데 벽에는 토끼와 개, 오리, 사슴이 나타났다가 사라졌다. 나는 등잔 밑이 어둡다는 속담을 누구보다 잘 알고 있었다. 등잔을 올려놓은 등잔대 아래에는 등잔 때문에 생긴 둥그런 그림자가 있었는데 그 그림자 안에서는 공책이나 책을 펴 놓고 숙제를 할 수가 없었다. 등하불명(燈下不明)은 중학생이 되어서야 알았는데, 하여튼 등잔 밑이 어둡다는 속담의 오묘함은 한동안 나를 사로잡았을 정도였다. 일상의 거의 대부분에 적용할 수 있는 게 바로 그 속담이었다. 그러했기에 나는 심지에서 타오르는 등잔불과 등잔 밑을 바라보며 어떻게 하면 어리석지 않은 사람이 될 수 있을까 생각에 잠기곤 했다. 물론 아주 드물게 빠지는 명상이긴 했지만.

등잔은 석유를 사용했다. 석유를 등잔에 채우고 창호지나 실, 솜으로 심지를 만들었다. 등잔 윗부분에 작은 굴뚝처럼 튀어나온 심지통의 심지에 성냥을 그어 불을 붙였다. 지름(기름)이 귀하던 시절이라 숙제가 끝나면 바로 등잔불을 꺼야 했는데 이 만저만 아쉬운 게 아니었다. 그래서 안방에서 아버지의 코 고는 소리가 들리면 누나와 나는 몰래 등잔불을 책상 밑에 놓은 채 빌려 온 만화책을 넘겼다. 가끔 장난을 치다 등잔을 엎어 버린 적도 있었는데 쏟아진 기름도 기름이지만 불이 날까 봐 화들짝 놀라기도 했다. 당시 석윳값이 얼마였는지는 기억나지 않는다. 가끔 부모님의 심부름으로 아랫마을 지름집(기름집)에 석유를 사러 가는 날이 있었다. 유리로 된 소주 됫병의 목에 고리를 만들어 사용했는데 기름을 가득 채워 집으로 돌아올 땐 긴장하지 않을 수 없었다. 혹시라도 넘어져 병이 깨지면 큰일이기 때문이었다. 다행히도 어린 시절 기름병을 깨뜨린 적은 없었다.

사실 어린 시절 나는 나만의 전용 등잔을 갖고 싶었다. 초등학교 저학년 때는 몰랐는데 고학년이 되면서 저녁에 등잔을 사용할 일이 점점 많아졌기 때문이었다. 낮에 미리 숙제를 해 놓으면 별 탈이 없었는데 그게 쉽지가 않았다. 그건 누나들도 마찬가지였다. 학교에서 돌아와 공책과 교과서를 펼치기는 했지만 놀일이 너무나 많았다. 그러니 숙제를 저녁으로 미루고 우선 노는 일에 몰두하다가 밤이 늦어서야 비로소 다급해지는 것이었다. 등잔 전쟁이 벌어지지 않을 수 없었다. 그럴 때마다 엄마에게 야단을 맞았지만 낮에 친구들과 노는 것을 미루고 숙제부터 한다는 것은 나나 누나들에게 쉬운 선택은 아니었다. 결국 안방에서 바느질을 하는 엄마 옆에서, 윗방의 책상 앞과 방바닥에서 형제들은 바람에 일렁거리는 등잔불빛에 의지해 숙제를 하느라 바빴다. 그럴 때마다 전기가 들어오는 건넛마을의 신작로 주변에 사는 아이들이 부러울 수밖에 없었다.

옛날 산골 마을의 집들은 거의 대부분 이곳저곳의 골(골짜기)에 자리하고 있었다. 우리 마을도 골이 많았다. 골말, 반장골, 숯돌골, 너머골, 짓골, 새짓골…… 신작로 근처에는 주로 가게와 학교, 면사무소, 지서, 제재소, 술집 들이 있었다. 신작로를 따라 기름을 먹인 통나무로 만든 전봇대가 띄엄띄엄 서 있었다. 신작로 주변에 사는 집들은 자기 돈을 들이지 않고 전기를 끌어다 쓸 수 있었는데 골짜기에 있는 집들은 여러 대의 전봇대 값을 내야만 했다. 그렇기에 골짜기의 가난한 집들은 전깃불은 엄두도 못 내고 등잔불과 호야로 방과 벽(부엌)을 밝혔다. 전봇대 하나의 가격이 당시 얼마였을지 갑자기 궁금해진다. 그런데 전기를 쓰는 집의 부모들도 전깃불에 인색하긴 마찬가지였다. 이웃에 텔레비전을 보러 가면 안방과 윗방을 가르는 벽이 천장과 닿는 곳에 구멍을 뚫고 형광등 하나로 두 방을 밝히게 했는데, 어른들이 있는 안방에서 불을 끄면 윗방도 어쩔 도리 없이 캄캄해졌으니 말이다. 그래서 또 궁금하다. 당시 전기료는 얼마였을까.

등잔불은 방에서만 사용했다. 등잔불의 단점은 바람에 약하다. 방문을 열었을 때 바람이 들어오면 불꽃이 흔들거리다가 이내 꺼져 버렸다. 바람 앞의 등불인 것이다. 그렇기 때문에 수시로 사람이 들락거려야 하는 벽(부엌)에서는 사용할 수 없었다. 부엌에서는 바람에 취약한 등잔불 대신 호야(남포등)를 사용했다. 우리 집에선 남포등을 호야라고 불렀다. 호야는 남포등에 끼우는, 유리로 만든 둥그런 등피를 말한다. 심지에서 타오르는 불꽃을 이 등피가 보호해 준다. 바람을 막아 준다는 얘기다. 그래서 바람이 많이 드나드는 부엌인데도 불이 꺼지지 않는다. 또 호야는 심지를 올리고 내리는 장치가 있어 불빛의 강도를 조절할 수도 있다. 부엌 벽에 걸어 놓고 사용했는데 등잔불보다 훨씬 밝았다.

단점이 있다면 유리로 된 등피가 석유 타는 연기에 자주 검게 그을렸다. 엄마는 가끔 등피를 꺼내 물에 씻거나 걸레로 닦곤 했다. 잘 닦은 호야를 다시 남포등에 끼우고 불을 켰을 때의 그 따스한 불빛을 잊을 수가 없다. 등잔불이 가지지 못한 따스함이 남포등 불빛에 있는 것이다. 호야의 또 다른 단점은 밀폐된 방에서 사용할 수 없다는 것이다. 석유 타는 연기는 오래 맡으면 골(머리)이 아프기 때문이다. 언젠가 등잔이 고장 나서 호야를 방에 들여놓고 숙제를 했는데 얼마 지나지 않아 머리가 딱딱 아파왔고 콧구멍 주변은 석유 연기로 까맣게 그을렸던 적도 있었다. 그때 처음으로 알았다. 호야가 있을 장소는 부엌이라는 것을.

건넛마을에 텔레비전을 보러 갔다가 캄캄한 밤 좁은 길을 더듬어 집으로 돌아올 때 멀리서 보이는 희미한 불빛. 문창호지에서 일렁거리는 희미한 등잔불. 흙마루에 올라가 신발을 벗고 방문을 열었을 때 흔들리는 불꽃. 문을 닫으면 천천히 흔들림을 멈추는 등잔불. 그리고 등잔불 아래의 그늘. 나는 그 등잔불 아래에서 태어났고 등잔불 아래에서 저녁을 먹고 공부를 했다. 등잔불은 어린 시절 매일 밤이면 만나게 되는 가장 친한 친구였다.

성냥을 그어 등잔의 심지에 불을 붙이면 조금씩 살아나는 불빛, 잠을 자려고 입으로 바람을 불어 등잔불을 껐을 때 찾아오는 어둠과 석유 냄새. 그 등잔과 부엌의 호야는 지금 어디로 사라졌을까.

전기가 처음 들어온 그날 저녁 나는 내 방의 책상 앞 의자에 앉아 교과서와 공책을 펼쳤다. 시험 기간이었다. 방을 대낮같이 밝혀 주는 백열등은 내 머리 바로 위에 매달려 있었다. 한 시간을 그렇게 앉아 공부를 했을까. 까까머리나 다름없던 내 머리가 뜨끈 달아오르기 시작했다. 백열등이 무슨 난로 같았다. 시골집이라 천장도 너무 낮았다. 머리가 너무 뜨거워져 도저히 공부를 할 수가 없었다. 결국 나는 뜨거움을 견디지 못하고 밖으로 뛰쳐나갔다. 전기가 이렇게 뜨겁단 말인가! 나는 흙마루에 걸터앉아 달아오른 머리를 한참이나 식힌 뒤에 다시 방으로 들어갈 수 있었다. 나중에 알게 된 사실이지만 너무 밝은 백열등을 달았던 게 주요 원인이었다. 하여튼 등잔과 영영 헤어지던 그날 밤 백열등에게 호된 신고식을 당했던 셈이다.

등잔불이 그립다.

나는 지금 너무 밝은 불 아래에 앉아 있지만 그렇다고 더 많은 것을 보는 것도 아니다.

희미한 등잔불 아래 엎드려 만화책을 넘기고 싶은 밤이다.

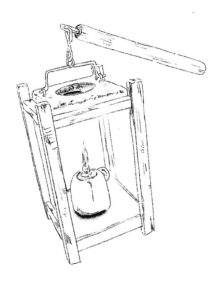

강원도 마음사전

2부

속초의 북쪽 사람들에게

라디오와 테레비

　라디오의 시절이 있었다. 집 안에서 라디오는 아버지가 애용하는 물건 중 하나였다. 우리 집은 국도가 있는 건넛마을과 달리 아직 전기가 들어오지 않았기에 건전지로 라디오를 작동시켰다. 둥그런 건전지 네 개가 들어갔는데 너무 빨리 닳아 나중에는 손전등에 들어가는 사각형의 뭉툭한 것으로 대체하여 사용했다. 고무줄로 둘둘 감아 라디오 뒤편에 묶어 놓았는데 베게만 한 라디오가 마치 해다(어린아이)를 업고 있는 것만 같았다. 밥을 먹을 때나 잠이 오지 않을 때 아버지는 늘 라디오를 끌어당겨 채널을 이리저리 돌려 주파수를 맞췄다. 라디오 소리는 산골짜기 외딴집을 방문하는 귀한 손님이나 다름없었다.

점심을 먹을 때는 '김삿갓 북한 방랑기'를 들었고 등잔불을 켜 놓고 가족들이 밥상 앞에 둘러앉아 저녁을 먹을 때는 '김자옥의 사랑의 계절'에 귀를 기울였다. 함박눈이 내리는 겨울밤 잠에서 깨어난 아버지는 심심함을 달래려고 다시 라디오를 틀었다. 사회교육방송이 흘러나오는 시간이었는데 나는 윗방의 이불 속에서 멀고 먼 흑룡강성으로 보내는 편지를 낭독하는 성우의 목소리를 들었다. 여닫이문의 문살에 바른 창호지에는 눈송이의 그림자가 어른거리고. 아버지는 채널을 자주 돌렸다. 그럴 때마다 치직, 쇄, 하는 소리가 피어났다. 가끔 북한방송이 잡힐 때도 있었는데 아버지는 급히 채널을 돌렸다. 새벽이면 먼바다의 소식이 전해졌다. 그때 이미 나는 대관령 산골짜기에서 추자도, 대화퇴, 대청도 등등의 어장에서 바람이 얼마나 불고 파도가 높은지 잔잔한지 알 수 있었다. 그곳들이 어디에 있는지는 알지 못했지만. 눈 내리는 깊은 밤 잠결에 듣는 라디오 소리는 멀고 아련했다. 왠지 솜이불을 덮은 채 바다 위를 둥둥 떠다니는 것 같았다.

어린 시절 집에는 신문물이라고 할 만한 물건이 딱 두 개 있었는데 그게 바로 라디오와 괘종시계였다. 부모님이 윗집에 돈을 췌(빌려)줬는데 그 집이 돈을 갚지 못하고 이사를 가게 되자 돈 대신 가져온 것들이었다. 시계는 두 개의 태엽을 감아야만 바늘이 돌아갔는데 그걸 '시계 밥 준다'라고 했다. 벽에 걸어 놓은 괘종시계는 조금이라도 기울면 추(시계불알)가 움직이지 않았다. 아버지는 시계 아래에 연필로 중심이 되는 지점을 표시해 놓고 밥을 모두 준 다음에 꼭 균형을 바로잡곤 했다. 넓지 않은 방인지라 시계가 종을 치는 소리는 의외로 커서 처음엔 깜짝깜짝 놀란 적도 많았다. 그 라디오와 시계는 언제 집에서 사라졌을까. 덕분에 나는 매년 학기 초에 작성하는 가정조사 문항에 냉장고와 텔레비전이 없는 설움을 조금이나마 달랠 수 있었다. 그 시절 내가 라디오로 들었던 최고의 프로는 아마 주말마다 방송되었던 '태권 소년 마루치 아라치'였던 듯싶다.

라디오의 인기를 일격에 무너뜨린 것은 테레비였다. 마을에는 이미 텔레비전을 들여놓은 집이 두세 집 되었는데 그 집의 인기는 엄청났다. 처음에는 자랑도 할 겸 저녁이나 주말에 아이들이 방문하면 윗방을 내어 주곤 했는데 시간이 흐르자 상황은 급변했다. 너무 많은 아이들이 몰려들었고 밤이 깊었는데도 돌아갈 생각을 하지 않았기 때문이었다. 그러자 텔레비전을 가진 집주인들은 하나둘 문을 닫아걸기 시작했다. 문밖에서 텔레비전 보러 왔다고 얘기하면 전등을 끄고 텔레비전 소리를 낮춘 채 자는 척했다. 하지만 문창호지에서 어른거리는 푸른빛마저 감출 수는 없었다. 몇 번 더 비굴한 목소리로 불러 보다가 밤길을 걸어 집으로 돌아왔으니 당시 내 심정은 어떠했겠는가. 심지어 어떤 집은 사람을 가려서 받았다. 누군 들어오라 하고 누군 돌아가라고 했으니…… 우리도 텔레비전을 사자고 조를 수도 없었다. 전기도 들어오지 않는 우리 집은 텔레비전이 있어도 무용지물이었으니까.

그러던 어느 해 마침내 우리 집에도 텔레비전이 들어왔다. 안양에서 직장 생활을 하던 형이 사 가지고 온 작은 크기의 중고 텔레비전이었다. 전기가 들어오지 않는데 어떻게 보냐고 물으니 형은 다 방법이 있다고 했다. 형이 선택한 방법은 충전해서 쓰는 자동차 배터리였다. 세상에! 이런 방법이 있다니. 나는 신이 나서 긴 장대 끝에 매단 안테나를 들고 더 좋은 전파를 잡을 수 있는 곳을 찾느라 땀을 뻘뻘 흘렸다. 안테나선을 잡은 누나는 중간에 선 채 집에서 화면조정을 하며 지시를 내리는 형의 얘기를 내게 전했다.

"오빠가 오른쪽으로 조금 더 돌리래!"

"됐나?"

"조금 더!"

비록 화면이 작은 텔레비전이었지만 그 기쁨까지 작지는 않았다. 이젠 치욕스럽게 텔레비전이 있는 집을 기웃거리며 구걸을 하지 않아도 되었으니까. 사실 그 설움은 이루 말할 수 없이 컸다. 어떤 날은 문밖에 쪼그려 앉아 방에서 들려오는 텔레비전 소리만 들으며 내용을 상상했던 적도 있었다. 또 밤 아홉 시만 되면 쫓아내는 집도 있었다. 문밖에서 텔레비전 보러 왔다고 소리치면 전등과 텔레비전을 끄고 아예 잠을 자 버리는 집도 있었으니.

비록 자동차 배터리로 보는 텔레비전이었지만 어쨌든 더 이상 시청 구걸을 하지 않게 되었으니 그것만으로도 세상이 다 내

것 같았다. 더군다나 새로운 사실도 체험하게 되었는데 배터리로 보는 텔레비전은 정전이 돼도 아무런 영향이 없었다. 그 시절은 툭하면 정전이 되던 시절이었다. 어느 날 밤 마당에 나가 오줌을 누다가 건넛마을이 캄캄해진 걸 알았고 곧바로 나는 알아차렸다. 건넛마을에선 지금 텔레비전을 볼 수 없다는 것을. 나는 온 마을 사람들이 다 들을 수 있게 소리쳤다.

"정전이다! 우리 집만 테레빌 볼 수 있다!"

소문은 금세 퍼졌다. 어느 주말 오후 다시 정전이 되자 마을의 아이들이 하나둘 우리 집으로 찾아오는 게 보였다. 나는 회심의 표정을 지은 채 대문 앞에서 아이들을 기다렸다. 한 시간쯤 뒤에 아이들이 가장 좋아하는 연속극인 〈전우〉가 나오기 때문이었다. 녀석들은 그걸 보기 위해 우리 집에 찾아오는 것이었다. 집에 텔레비전이 없었을 때 당한 수모에 대한 복수를 할 수 있는 절호의 기회였다. 나는 분명하게 기억하고 있었다. 그동안 누가 나를 문전박대했고 누가 내게 따스한 손을 내밀었는지를. 어차피 방이 좁아 다 들어갈 수 없었기에 아이들의 반은 방에서, 나머지(나를 박대한 집의 아이들)는 처마 밑 뜨럭(흙마루)에서 텔레비전을 봐야 했다.

배터리로 보는 텔레비전은 정전과는 무관하지만 가장 불편한 점이 하나 있었는데 바로 한 달에 한 번 정도 자동차 공업사에 가서 배터리를 다시 충전해야 한다는 것이다. 충전을 하려면 이십 리 거리에 있는 시내로 무거운 배터리를 가지고 나가야 했다. 버스나 자전거를 이용해야 하는데 보통 성가신 일이 아니었다. 아버지가 장을 보러 가는 날을 기다리지 못한 나는 자전거 짐칸에 배터리를 싣고 가다가 무게를 이기지 못하고 자전거 앞바퀴와 함께 뒤로 벌렁 솟아오른 적도 있었다. 마을의 다른 사람들은 모르는 우리 집만의 비밀이었다. 배터리가 거의 다 닳기 시작하면 텔레비전 화면이 아래 위에서부터 조금씩 줄어들기 시작한다. 그러다 결국은 화면 가운데에 흰 선 하나만 남게 된다. 화면은 사라졌지만 다행히 목소리는 나온다. 어린 시절 우리 가족은 화면은 없고 라디오처럼 목소리만 나오는 연속극을 들은 적이 많았다. 집에 전기가 들어온 게 중학교 2학년(1980년)이니 그때까지 등잔불을 켜고 배터리를 충전해 텔레비전을 봤던 것이다.

돌이켜 보니 그런 것 같다. 어린 시절 라디오와 괘종시계가 내게 시(詩)와 비슷한 역할을 했다면 텔레비전은 소설과 닮아 있었다. 십여 년 전 배를 타고 제주도로 가다가 추자도에 잠시 들렀던 적이 있다. 추자도? 어디서 많이 들었던 이름이었다. 어업 전진기지 추자도. 아, 어린 시절 아버지의 라디오에서 들었던 바로 그 섬이었다. 너무 반가워서 제주행을 포기하고 며칠 머무르고 싶을 정도였다. 대관령은 산골인지라 텔레비전이 잘 나오지 않았다. 그때마다 나는 안테나가 달려 있는 장대를 들고 더 양질의 전파를 포착하기 위해 집 옆 동산에 올랐다. 그 시절 텔레비전은 내게 가 보지 못한 세상을 보여 주는 창이었다.

말머리

몹시 추운 새해 첫날 밖으로 나갈 엄두를 못 내고 고향집 거실에 누워 텔레비전 리모컨만 만지작거리고 있는데 엄마가 부젓가락으로 화로를 뒤적거리고 있는 아버지에게 물었다.

"염소 내맸소?"

고향집은 응달에 자리하고 있어 건넛마을보다 해가 한참 늦게 들었다. 아버지는 부젓가락으로 재에 파묻혀 있는 불씨를 하나하나 찾아내며 대꾸했다.

"염소 내맨 지가 언젠데."

텔레비전에선 〈나는 자연인이다〉를 재방송하고 있었다. 긴 꽁지머리 사내가 산속에서 칡뿌리를 캐느라 코미디언과 함께 땀을 뻘뻘 흘리는 장면이었다. 밥상 위에 메주콩을 올려놓고 고르는 엄마는 아버지의 말을 믿지 않는 표정이었다. 아니나 다를까.

"작년에 내맸소?"

"……뭐라고 지그리는 거야?"

엄마의 질문은 가히 선승의 화두에 근접해 있는 터라 내 얼굴에선 절로 웃음꽃이 피어났다. 새해가 밝은 지 얼마 되지 않은 시간에만 던질 수 있는 절묘한 질문이었기에. 엄마는 이 질문을 아버지에게 하려고 새해 첫날이 되길 기다렸던 것일까? 아니면 새해 첫날 오전에 우연히 이 질문이 떠오른 것일까? 물어보고 싶은 마음이 간절했지만 나는 일부러 묻지 않았다. 아버지는 잠시 엄마를 바라보기만 하다가 다시 부젓가락으로 화로 속의 불씨를 찾는 일에 몰두했다. 화로 아래엔 작년에 떨어뜨린 불씨가 장판을 까맣게 태운 흔적이 남아 있었다. 텔레비전 속의 꽁지머리 자연인은 춥지도 않은지 계곡의 얼음을 깨고 물속에 들어가 냉수목욕을 하느라 바쁘고.

구순을 갓 넘긴 아버지와 구순을 바라보는 엄마의 선문답 같은 대화를 엿듣는 재미는 쏠쏠하기 그지없다. 지난봄엔 구렁이 사건이 있었다. 앞마당에서 일을 하던 엄마는 갑자기 다급하게 짖어대는 새소리를 듣고 주변을 살펴보았는데 창고 아래 처마로 올라가는 구렁이를 발견했다. 처마에 집을 짓고 새끼를 깐 어미 새가 구렁이가 접근하자 새끼들을 보호하려고 짖어대기 시작한 것이다. 꽤 큰 구렁이였는데 엄마는 텃밭에서 일하던 아버지를 불렀다. 갓 태어난 새끼 새들을 잡아먹으려던 그 구렁이는 결국 어미 새와 엄마의 기지로 아버지의 지겟작대기에 얻어맞고 명을 달리했다. 그런데 그게 다가 아니었다. 또 한 마리가 살고 있던 것이다. 지난여름 친척 형이 놀러 왔다가 화단 옆에서 구렁이를 목격했다. 그러나 아버지처럼 잡지 못하고 놓쳐 버렸다. 그렇다 보니 가족들이 모이면 걱정이 이만저만이 아니었다. 특히 아기들과 함께 오는 조카들이 언제 나타날지 모르는 뱀 때문에 마당에서 마음껏 놀 수가 없게 되었으니…….

아버지는 그 뱀의 종류가 밀구렁이이고 다행히 독이 없는 뱀이라고 했다. 하지만 독은 없어도 뱀은 뱀이었고 마당 근처에 살고 있다는 자체가 찜찜하기 그지없었다. 살충제를 치는 게 어떠냐고 제안을 했지만 아버지는 다른 소리를 꺼냈다.

"그때 죽은 게 예편네였나?"

옆에 앉아 있던 엄마가 말을 받았다.

"사나가 죽은 거겠지."

나는 마당으로 떨어지는 가을볕에 등을 맡긴 채 막걸리를 비웠다. 구렁이는 왜 하필 사람의 집 근처에 거처를 정했을까. 인적이 드문 산속에서 살았더라면 배우자를 잃는 슬픔을 겪지 않았을 터인데. 그나저나 제발 집으로 들어오지나 않았으면 좋겠다. 옛날 옛날의 산골 마을에는 구렁이가 집으로 들어오는 경우가 더러 있었다고 한다. 그러면 식구들 중 누군가 시름시름 앓았다. 마을의 용한 무당이 굿을 통해 궤짝 뒤에 숨어 있던 구렁이를 찾아내 쫓아내기도 하였다는데 우리 엄마 아버지는 예편네가 죽었나 사나가 죽었나를 놓고 하누하게(한가하게) 말씨름이나 하고 계시니…….

길고 긴 또 어느 겨울밤 잠이 오지 않아 거실에서 텔레비전으로 영화를 보고 있는데 마침 등장인물들이 싸우는 장면이 나왔다. 그러자 자고 있던 아버지가 그 소리를 듣고 이상한 잠꼬대를 하며 깨어나셨다.

"저것들은 왜 새벽부터 쌈질이야!"

아버지의 고함을 듣고 냉장고 앞에서 두루마리 화장지를 베고 잠들었던 엄마도 덩달아 깜짝 놀라 깨어났을 정도였다. 나는 서둘러 텔레비전의 볼륨을 낮췄다. 잠옷 바람으로 마당에 나가 볼일을 보고 들어온 아버지는 또 한소리를 꺼내 놓았다.

"뭐이 이렇게 야막스럽게(사납게) 춥나!"

잠에서 깨어난 우리 엄마가 가만있을 리 없다.

"대한이 소한 집에 놀러 왔다가 얼어 죽었대요."

화로를 끌어당겨 불을 쬐던 아버지가 뭔가 곰곰이 생각하는 표정이더니 입을 열었다.

"……너머골 최 씨가 죽었나?"

"그 영감 죽은 지가 언젠데."

"……반장골 임 씨는?"

"……치매가 와서 요양원에 갔다고 들은 것 같던데."

"…….."

"…….."

아버지가 부젓가락으로 화로에서 불씨를 찾는 밤이었다. 문밖에선 눈보라가 뒤뜰의 잣나무를 사납게 흔들며 말을 달리고.

무장공비

초등학교에 다니던 시절 우리들의 대표적 놀이 중 하나는 산에 가서 총싸움을 하는 것이었다. 우리들의 손에는 각자 재주껏 만든 목총이 들려 있었고 산에 도착하면 탄력이 좋은 싸리나무를 꺾어 위장용 모자를 만들어 썼다. 총싸움(그러니까 전쟁놀이) 열풍은 꽤 오래 지속되었는데 그 까닭은 가설극장이나 텔레비전에서 본 전쟁영화의 영향이었다. 초등학생들이 전쟁영화를 보고 그것을 임내(흉내) 내 전쟁놀이를 하다니…… 지금 생각하면 섬뜩할 뿐이다. 물론 전쟁처럼 진짜로 사람이 죽는 건 아니었지만. 전쟁놀이가 유행했던 또 한 가지 이유는 우리들이 갓난아기였던 무렵에 발생한 울진삼척지구 무장공비 침투 사건 때문이었다. 당시의 무장공비 잔당들은 옆 동네 이승복의 가족들을 잔인하게 살해하고 마지막으로 소탕되었다. 1968년의 일이었다.

산에서 전쟁놀이를 하다 보면 심심찮게 주울 수 있는 게 삐라였다. 대부분 낱장이었는데 더러 책으로 된 삐라도 있었다. 우리들은 선생님의 가르침에 따라 그것을 지서(파출소)로 가져갔고 양에 따라 노트나 연필, 책받침, 자를 받았다. 어떤 날은 산속에 낙엽처럼 널린 게 삐라였던 적도 있었다. 일주일 동안 습득한 삐라를 지폐처럼 세며 지서로 달려갔던 기억이 아직도 생생하다. 사실 삐라만 주운 게 아니라 은연중에 무장공비나 간첩을 찾으려고 애를 썼던 적이 더 많았다. 무장공비나 간첩을 발견해 신고하면 삐라를 가져갔을 때 받는 학용품과는 비교할 수도 없을 만큼 어마어마한 상금을 받을 수 있기 때문이었다. 물론 우리들 중 아무도 그 상금을 받지 못했지만.

매년 유월달이 돌아오면 우리들을 기다리는 것은 반공방첩 웅변 대회, 반공방첩 글짓기 대회, 반공방첩 포스터 그리기 등등이었다. 그 가운데 땡볕의 운동장에 전교생이 앉아서 단상 위의 연사가 열변을 토할 때마다 박수를 치는 웅변 대회는 지루할 때가 많았다. 어떤 학생은 더위에 쓰러져 양호실에 업혀 가기도 했다. 구 영동고속도로 대관령휴게소의 이승복기념관으로 소풍을 간 적이 있었는데 당시의 살해 장면을 생생하게 재현한 전시실에 들어갔다가 울음을 터뜨린 여학생도 있었다. 나 역시 그 캄캄한 전시실에서 기겁을 한 채 도망쳤다. 1970년대 평창의 어린이들은 반공 소년 이승복에게서 결코 자유로울 수 없었다. 초등학교 화단에 세워 놓은 이승복 어린이 동상을 매일 볼 수밖에 없었으니까.

평창의 산골짜기에 다시 무장공비들이 나타난 것은 1996년 가을 강릉 잠수함 침투 사건 때다. 이때에도 많은 사상자가 발생했는데 우리 지역 역시 비켜 가지 않았다. 한창 송이철이라 홀로 송이버섯을 따러 산에 들어갔던 진부 장거리에 사는 어느 남자가 잔당들을 만나 산자락에서 격투를 벌이다 살해되었던 것이다. 나는 객지에 나가 살고 있었지만 주민등록을 고향에서 이전하지 않았기에 예비군 소집 대상이었다. 결국 고향 친구들과 함께 총알이 없는 총을 들고 밤마다 대관령 깊은 산속에서 매복을 서야만 했다. 사건 발발 초기 강릉에서 오발 사고가 난 다음부터 예비군들에겐 실탄을 지급하지 않았다. 그 어느 캄캄한 밤 누군가 조용한 목소리로 투덜거렸다.

"저것들은 강원도가 오부뎅이(전부) 지들 훈련장이라고 생각하는 것 같아."

다행히 실탄도 없는 매복의 밤들은 무사히 건너갔다.

잠수함 사건의 파장은 나의 고향집이라고 비켜 가지 않았다. 국군들이 무장공비들의 행방을 추적하던 어느 밤 자정 넘은 무렵 골짜기 외딴집의 개가 사납게 짖기 시작했다. 집에는 늙으신 부모님밖에 없었다. 잠을 자다 깨어난 아버지는 사각팬티 바람으로 밖에 나가 주변을 살피다 집 뒤 비알밭 위를 걸어가는 검은 사내들을 발견했다. 아버지는 그들이 무장공비라고 판단했고 그 즉시 건넛마을로 달려갔다. 팬티 바람에. 엄마만 남겨 둔 채. 한편 집 안에 있던 엄마도 잠에서 깨어나 아무리 기다려도 아버지가 들어오지 않자 두려움에 사로잡혔다. 밖으로 나가 찾아보는 것도 여의치 않았다. 개는 계속해서 사납게 짖고 있었고. 온갖 생각이 다 지나갔다. 누구에게 전화를 해야 하나 망설이고 있을 때 거실의 전화가 요란하게 울렸다. 마을 반장이 걸어 온 전화였다. 아버지가 반장 집으로 찾아와 신고를 했고 여러 경로를 통해 알아보니 비알밭의 검은 사내들은 무장공비가 아니라 수색 중인 국군으로 밝혀졌으니 걱정하지 말라는 내용이었다.

"그 양반은 어디 있소?"
"여기 계세요."
"……저만 살겠다고 마누라 내팽개치고 도망갔으니 집에 코빼기도 보이지 말라 하소."

아버지는 사위가 밝아지는 새벽이 되어서야 집으로 돌아왔다고 한다. 고향집의 그 사건 이후 엄마는 사람들이 모일 때마다 저만 살겠다고 팬티 바람에 도망간 아버지 흉을 보았다.
다 무장공비 때문에 벌어진 일이다.

미역

"요번엔 어데로 갈까?"

"얕은 덴 재미없으니까 이번엔 깊은 데로 가자."

"그럼 월정거리로 가자!"

오전 수업만 있는 토요일이면 우리들은 더위를 참지 못하고 학교에서 곧장 개울로 달려가 미역을 감곤 했다. 해가 지글지글 끓고 있는 여름 오후의 무더위를 조금이라도 식히려면 물속으로 들어가는 게 최선이었다. 보통 학교와 집 사이에 있는, 논에 물을 대기 위해 막아 놓은 보 근처에서 미역을 많이 감았다. 그곳의 물이 그나마 깊었으므로. 그런 곳이 마을에 서너 군데 있었기에 우리들은 돌아가며 이용했고 가끔 지루해지면 다른 동네로 원정을 가는 경우도 있었다. 미역을 감으러 가는 까닭은 우선은 더위를 식히자는 데에 있지만 많은 아이들이 모이는 곳이다 보니 사교의 역할도 무시할 수 없었다. 특히 다른 동네에 가면 그 동네 여자아이들을 볼 수 있으니까 말이다. 또 한 가지는 물의 양과 깊이도 중요하지만 미역감는 곳의 전반적인 풍광이 좋아야 인기가 있었다. 자기 마을에 이런 조건을 구비한 곳이 있으면 뿌듯한 마음으로 다른 마을 아이들에게 자랑을 하고 초청도 할 수 있으니까. 우리 마을의 공식 장소는 서낭당 근처였는데 뒤로는 절벽과 숲이 그늘을 만들었고 가까운 곳에 보가 있어 물이 어느 정도 깊고 넓었다. 마을 쪽으로는 모래사장과 자갈밭이 있어 그런대로 부끄럽지는 않은 곳이었다.

그런데 미역감는 곳을 총괄해서 지칭하는 낱말은 무엇일까? 아무리 기억을 더듬어 봐도 인터넷을 쏘다녀도 찾을 수가 없다. 그렇다고 목욕탕이라고 부를 수는 없다. 수영장도 좀 그렇다. 바다가 아니니 해수욕장에서 바다를 빼고 수욕장이라 했을까? 국어사전에는 수욕장에 대해 수영하면서 놀거나 수영 경기 따위를 할 수 있는 시설을 갖춘 곳이라 풀이하니 수영장과 가까운 낱말이다. 아마 어린 시절 우리는 미역감는 곳의 장소 이름을 그대로 썼을 것이다. 쿵쿵소, 가마소처럼. 그것마저 없으면 그 동네 지명을 사용했던 것 같다. "8반에 미역감으러 가자." 물론 이렇게 말해도 외지인이 아닌 이상 그곳이 어디인지 모두가 알았다.

또 하나는 어원이 어디에서 왔는가이다. 미역(멱), 미역감다라는 낱말은 어디서 왔을까 알아봤는데 의견이 분분하다. 어떤 이는 목욕에서 왔다고 하는데 그러면 뒤에 붙는 '감다'가 애매해진다. '목욕감다'라는 표현은 없다. 미역의 준말인 '멱'이 목의 앞쪽(멱살)을 의미하니 머리를 감을 때 얼굴, 목 모두 씻듯이 '멱 감으러 가자'는 말이 나왔다고 하는 이도 있는데 뭔가 부족해 보인다. 또 어떤 이는 해산물인 미역이 바닷물에 이리저리 쓸리는 모습이 사람이 머리를 감는 것과 비슷하다는 것에서 유추해 '미역감다'의 어원을 주장한다. 내 생각으론 세 가지 모두 어딘가 조금씩 부족해 보이는데 그 가운데에 바로 '감다'가 있기 때문이다. '미역하러' 가는 아이들은 내 기억에도 없으니까. 그렇기 때문인지 학교에서 표준어를 배우는 어린 우리들도 조금씩 혼란스러워 했던 것 같다. 대굴령(대관령)을 넘어 바다에 해수욕하러 갔다 온 아이들이 먼저 말을 더듬거렸다. 도시의 목욕탕에 갔다 온 아이들이 그 뒤를 따랐다. 그 아이들 중 하나는 그래서인지 언제부터인가 슬그머니 미역감으러 가자는 말 대신 개울에 목욕하러 가자고 말을 바꿨다. 하지만 목욕은 왠지 정지에서 커다란 고무 구박에 물 받아 놓고 때를 씻는 게 연상되기도 했다. 수영하러, 헤엄치러 가자고 말하는 아이도 생겨났지만 개울이 너무 작았다. 하여튼 우리들은 자라나면서 '미역감다'와 '목욕하다'를 주로 사용하며 무더위를 달래려고 마을의 개울로 달려갔다.

사실 미역은 발가벗은 채 감아야 제격이다. 초등학교에 들어가기 전에는 그렇게 하는 아이들이 많았는데 학교에 들어가면서 우리들은 조금씩 부끄러움을 배우고 여자아이들을 신경 쓰기 시작했다. 그러니 어쩔 수 없이 삼각빤스를 입고 물에 들어갔다. 얕은 물에서부터 시작해 키를 넘는 깊은 물까지 조심스럽게 들어갔다. 그러려면 개헤엄이라도 배워야 했다. 헤엄치지 않으면 깊은 물에 빠져 물을 먹을 수도 있고 극단적으론 물에 빠져 죽을 수도 있다는 걸 익히 알고 있기 때문이었다. 물귀신이 될 순 없었다. 헤엄을 잘 치는 아이들로부터 물에 대해 하나씩 배워야만 했다. 언제까지 꼬맹이들처럼 얕은 물에서만 놀 수는 없었으니까. 거기에다 가끔 여자애들이 놀러 와 우리가 깊은 물에서 헤엄치는 걸 저만치서 구경하기도 했으니까.

개울에서 미역을 감는 건 매력적인 일이었으나 바닥이 보이지 않을 정도로 시퍼렇게 깊은 물은 언제나 두려움을 불러일으켰다. 물속으로 걸어 들어갔을 때 물이 목까지 차오르면 나도 모르게 긴장했다. 물속의 무엇인가가 발을 잡아당길지도 모른다는 의심이 자연스럽게 들었다. 그렇기에 우리들은 여름 내내 중간 깊이의 물에서 연습을 하며 아주 조금씩 깊은 곳으로 들어가는 법을 배워 나갔다. 잠수해서 숨을 오래 참는 법. 잠수해서 눈을 뜨는 법(눈 뜨는 법은 정말 배우기 힘들었다. 잠수하면 나도 모르게 눈을 감았으니까.). 물 위에 누워 힘을 빼면 몸이 뜬다는 것은 알았지만 힘을 빼는 건 결코 쉽지 않았다. 헤엄을 치다 팔과 다리에 힘이 빠졌을 때 잠수를 하면 어렵지 않게 물에서 나올 수 있다는 것도 알았지만 깊은 물 위에서 그걸 받아들이는 일 역시 어려웠다. 그러하니 물살을 헤치며 건너편으로 자연스럽게 헤엄쳐 건너가는 아이들이 무조건 부러웠다. 어린 시절 개울에서의 내 수영 실력은 바위 위에서 뛰어드는 힘으로 삼 미터, 안간힘으로 팔과 다리를 휘저어 삼 미터, 그다음은 거의 죽을힘을 다해 삼 미터, 모두 합해서 십 미터였으니 차마 체면이 서지 않았다. 친구들에게 말하지는 않았지만 나는 깊은 물이 무서웠다. 그 까닭은 먼 곳에 있지 않았다.

초등학교 저학년 시절 보의 깊은 물에서 죽을 뻔했던 일이 있었기 때문이었다. 아무 생각 없이 헤엄을 치다 깊을 것이란 생각도 없이 헤엄을 멈췄는데 발이 금방 바닥에 닿지 않았다. 발을 허둥거렸지만 소용이 없었다. 그렇게 내 몸은 물속으로 빨려 들어갔다. 물을 먹었고 다시 떠올라 팔을 허둥거렸다. 다행히 친구가 내 상황을 눈치채고 보 위로 달려와 손을 내밀어 주어 물속에서 빠져나올 수 있었는데 그 기억은 의외로 오래 몸과 마음을 지배했던 것이다.

하지만 뜨거운 여름날 어찌 개울에서 미역감는 일을 멀리할 수 있단 말인가. 그것만큼 시원하고 재미난 일은 없었다. 배에서 쪼르륵 소리가 날 때까지 물놀이를 하고 난 뒤 우리들은 저마다 큰 바위 뒤에 숨어 빤쓰를 벗었다. 빤쓰의 물을 짜고 물기가 마저 빠지도록 하기 위해 그것을 뜨거운 바위에다 계속해서 내리쳤다. 여기저기서 퍽퍽거리는 소리가 피어났다. 그 빤쓰를 다시 입고 개울가의 뜨겁게 달궈진 바위를 옮겨 다니며 엎드리거나 누워서 건조를 시켰다. 살이 발갛게 타는지도 모른 채. 여름은 그렇게 깊어지고 있었다. 그 각자의 바위 위에서 우리들은 약속을 했다.

"야, 중학생 되면 꼭 대굴령 너머 경포대에 해수욕 가자!"

"헤엄쳐서 오리바우, 십리바우까지 가는 거야!"

"수영복이 없잖아?"

"우리 삼촌이 그러는데 수영복은 해수욕장에서 빌려준대."

여름 낮이 아이들의 시간이었다면 여름 저녁은 농사일을 마친 마을 어른들이 미역을 감으러 나가는 시간이었다. 들리는 말에 의하면 남자들은 우리가 낮에 미역을 감는 장소를 사용하고 여자들은 좀 떨어진 상류에서 함께 모여 목욕을 한다고 했다. 여자들이 목욕한다는 장소를 어쩌다 지나칠 때면 그 장면을 상상하며 조금씩 야릇한 기분에 휩싸인 채 어린 우리들은 여름을 건너가고 있었다.

방아

쿵덕쿵덕 디딜방아 빙글빙글 맷돌방아
돌고 도는 물레방아 혼자 찧는 절구방아야
우리 집 서방 놈 낮잠만 잔다

방아를 찧는 일은 주로 엄마들의 몫이었다. 농사일이 없거나 비가 오는 날에 짬짬이 틈을 내어 엄마는 방아를 찧었다. 방아로 찧을 곡식의 양이 많을 때는 아예 날을 정해서 동네 아줌마와 어울려서 그 일을 했다. 마을에 방간(방앗간)은 하나밖에 없었는데 발로 밟아서 찧는 디딜방아였다. 물레방아와 연자방아는 말로 들어서만 알고 있었다. 아, 그러고 보니 아주 어린 시절 윗마을에 물레방아가 있었던 게 어렴풋이 기억난다. 덩치가 큰 물레방아는 굉장히 신기했지만 몹시 습한 공간이었던 것 같다. 디딜방앗간과 물레방앗간은 누가 운영했을까. 개인이 운영했을까, 아니면 마을에서 공동으로 운영했을까. 개인이 운영했다면 사용료를 받았을 것 같은데…… 하여튼 기계방아가 나오기 전까지 마을의 엄마들은 곡식을 찧거나 빻을 땐 어김없이 머리에 함지를 이고 방간으로 향했다. 한 시절 나도 엄마를 따라 방간에 가서 방앗다리 좀 밟았던 사람이었다.

우리 마을의 방아는 외다리방아가 아닌 두 사람이 사용할 수 있는 양다리방아였다. 방간은 헛간처럼 허술하게 지어져서 벽에서 바람이 술술 들어왔지만 그래도 지붕에서 물이 샐 정도는 아니었다. 방아의 구조는 다른 농기구에 비해 간단했다. 몸통인 방아채는 통나무로 만들었고 길이는 삼 미터가량 된다. 통나무의 밑동에 구멍을 뚫어 나무공이를 박았고 두 갈래로 갈라진 가지를 다리(발판)로 사용했다. Y자 형태의 생김새이고 공이가 있는 쪽이 훨씬 무겁다. 방아채(몸통) 밑에는 두 개의 볼씨(받침대)가 있는데 그 위치는 시소처럼 정가운데가 아니라 다리 쪽에 가까워서 무게 중심이 공이 쪽에 쏠려 있다. 그 까닭은 당연히 방아를 효과적으로 찧기 위해서다. 두 개의 볼씨와 방아채를 연결하는 건 쌀개(굴대)다. 방아채에 구멍을 뚫고 거기에 쌀개를 넣어 양쪽 볼씨에 올려놓는다. 나무공이 아래에는 곡물을 넣는 돌확이 땅에 묻어 놓은 독처럼 자리하고 있다. 그리고 방앗다리 위 천장에는 밧줄 두 개가 매달려 있어 방앗공이를 들어 올릴 때 밧줄을 잡고 방앗다리를 밟으면 힘이 훨씬 덜 든다. 마지막으로 괴밑대가 있다. 방아를 찧지 않을 때 방앗공이가 떠 있도록 몸통에 괴어 놓는 나무가 괴밑대다. 방앗공이가 썩지 않게 하려는 의도인 듯하다.

엄마는 방간에 도착하면 먼저 청소부터 했다. 가장 중요한 곳은 우물처럼 움푹 파인 돌확이었다. 허술한 방간 구조 때문에 흙먼지, 낙엽이 쌓여 있거나 전에 방아를 찧은 사람이 제대로 청소를 하지 않고 가 버리는 경우도 더러 있기 때문이었다. 방앗공이 역시 마찬가지였다. 고추를 찧은 방앗공이로 수수나 조를 찧을 수는 없었다. 확과 공이의 청소가 끝나면 이제 남은 일은 쿵덕쿵덕 방아를 찧는 일이다.

내 역할은 천장의 밧줄을 잡은 채 방앗다리에 오른쪽 발을 올려놓고 방아를 찧는 일이었다. 그러면 엄마는 방앗공이 옆에 앉아 돌확 속의 곡물을 반복해서 손으로 섞어 주었다. 엄마의 역할은 얼핏 보기에 아주 쉬운 일 같지만 그렇게 간단한 일이 아니었다. 허공으로 올라갔던 방앗공이가 내려와 곡식을 찧고 다시 올라가는 그 짧은 사이에 돌확 속에 손을 넣어야 했다. 손을 조금이라도 늦게 빼면 육중한 방앗공이에 찍힐 수도 있었다. 다치지 않으려면 재빠르게 넣어 곡식을 휘젓고 공이가 내려오기 전에 꺼내야 하는데 나는 겁이 나서 엄두도 못 내는 일이었다. 그렇기에 어쩔 수 없이 방앗다리를 밟는 일이 내게 돌아왔는데 처음엔 소꿉놀이를 하는 것처럼 재미있지만 시간이 지날수록 지루하고 힘들었다. 다리가 후들거리고 힘이 빠져 방아를 끝까지 들어 올리지도 못하고 내려놓기 일쑤였다. 다행인 것은 지칠 때쯤이면 다른 집 아주머니들이 방아 찧을 곡물을 들고 방간으로 찾아왔다. 그제야 나는 방앗다리에서 내려올 수 있었다. 방간에 아주머니들이 모이면 쿵덕거리는 소리와 함께 금세 이야기꽃이 피어났다.

디딜방아가 마을 아주머니들이 공동으로 사용하는 방아였다면 우리 집에는 나무절구가 있었다. 아버지가 아름드리 박달

나무를 깎고 파서 만든 절구였는데 크기는 어른 키의 반만 했다. 보통 절구통이라고도 불렀다. 홍두깨와 비슷하게 생긴 절굿공이도 꽤 무거웠다. 언젠가 나는 손오공이 여의봉을 다루듯 그것을 들고 머리 위에서 돌리며 힘자랑을 하다가 떨어뜨려 장뚜가리(장독 덮개)를 깨트린 적도 있다. 당연히 엄마에게 된통 혼이 났는데 그나마 장독을 깨지 않아서 다행이었다. 엄마는 찧을 곡식의 양이 많지 않을 때는 주로 절구를 이용했다. 여름이 가고 가을이 무르익어 가던 어느 일요일, 방에 엎드려 만화책을 보다가 된(뒤란)에서 절구질하는 소리가 들려 나가 보았다. 엄마가 물에 불린 찹쌀을 절구에다 찧고 있었다. 떡을 하기 위해서였다. 나도 절구질을 해 보고 싶어 엄마에게 공이를 건네받아 허공에 번쩍 들었다가 힘차게 내려쳤다. 그런데 이런 젠장, 찹쌀에 달라붙은 절굿공이가 아무리 애를 써도 떨어지지 않았다. 엄마는 공이에 물을 묻혀서 쳐야만 엉겨 붙지 않는다고 알려 주었다. 추석이 다가오고 있었다.

된에 절구가 있다면 방에는 맷돌이 있었다. 우리 집의 맷돌은 대부분 찰강냉이를 갈거나 두부를 할 콩을 가는 데에 사용했다. 맷돌은 아래짝과 위짝의 크기가 같은 둥근 돌의 형태였다. 아래짝에는 한가운데에 수쇠가 박혀 있고 위짝에는 암쇠가 있어 아무라 돌려도 두 짝이 벗어나지 않고 잘 붙어 있었다. 위짝에는 나무로 만든 맷손을 박는 구멍과 곡식을 넣는 구멍이 있다. 맷돌질 역시 처음에는 재미있지만 두부콩처럼 양이 많아 긴 시간이 소요될 때면 지루하고 힘들다. 오른손으로 갈다가 힘이 들면 왼손으로 갈기도 하고, 두 사람이 맷손을 잡고 같이 돌리기도 한다. 그 사이사이 구멍에 곡식을 넣으면서.

강냉이밥을 할 마른 강냉이를 타갤 때는 넓은 보자기를 깔아 놓고 맷돌질을 했지만 물이 섞여 있는 두부콩을 갈 때는 많이 달랐다. 함지 위에 맷다리를 걸치고 그 위에 맷돌을 올려놓는다. 강냉이를 타갤 때면 드르륵 드르륵 소리를 내던 맷돌이 두부콩을 갈 때면 스르륵 스르륵 부드러운 소리를 냈다. 겨울 새벽 아버지와 엄마가 두부콩을 맷돌질하며 나누는 이야기를 윗방에서 잠결에 듣다가 오줌이 마려워 밖으로 나가면 어김없이 함박눈이 내리곤 했다. 나는 반쯤 눈을 감은 채 마당에 쌓아 놓은 내 키보다 높은 눈 더미에다 노란 오줌 구멍을 만들며 생각했다. 오늘은 두부를 먹을 수 있겠구나.

사실 맷돌과 관련된 기억은 내 기억 중에서 가장 먼 기억이다. 어느 날 낮잠에서 깨어난 나는 젖이 먹고 싶어 엄마를 찾았다. 엄마는 윗방에서 누나와 함께 맷돌질을 하고 있었다. 나는 기어서 문지방을 넘어가 엄마에게 젖을 달라고 했는데 예상과 달리 뺨을 언어맞았다. 전과 다른 엄마의 행동을 이해할 수 없어서 엉엉 울고만 있었는데 얼마 후 엄마는 부드러운 목소리로 나를 불렀다. 나는 다시 문지방을 넘어갔다. 온화한 표정의 엄마는 누나에게 맷돌질을 맡기고 젖을 꺼내 내 입에 물려 주었다. 나는 훌쩍거리며 엄마의 젖을 빨았다. 그러나…… 엄마의 젖은 예전의 달콤했던 그 젖이 아니라 도저히 삼킬 수가 없는 쓰디쓴 젖이었다. 막내여서 늦게까지 젖을 떼지 못했던 내게 그날 엄마는 젖에다 쓰디쓴 약초를 발라 먹였던 것이다. 젖을 떼게 하려고. 그날 엄마의 작전은 주효했고 나는 마침내 숟가락을 들기 시작했다.

그렇게 무럭무럭 자라나 맷돌 한 짝을 들 수 있게 되었고 절굿공이로 떡을 찧었고 엄마와 함께 방간에 가서 무거운 방앗다리를 밟았다. 한없이 고맙다는 말을 엄마에게 전하고 싶다. 다시 추석이 찾아온다.

봄내

춘천에는 골목길이 많았다.

어쩌면 내가 산골에서 살았기 때문에 골목길을 접할 기회가 없었기 때문이기도 하겠지만 유독 인상적으로 다가왔다. 처음엔 길도 익힐 겸 주로 큰길을 이용했는데 얼마 지나지 않아 나도 모르게 골목길을 찾아들기 시작했다. 골목길에서 새로운 골목길을 찾아내 무작정 걸었다. 계단을 오르고 내려가는 골목길, 사람 하나가 겨우 빠져나갈 수 있을 만큼 좁은 골목길, 그러다 만나게 되는 막다른 골목길…… 내가 자취를 했던 방도 옥천동 골목길에 있었다. 골목으로 뚫린 벽엔 작은 창문이 하나 있었는데 늦은 밤 라디오를 틀어 놓고 공부를 하다가 앞집의 대문 소리가 들리면 커튼 사이로 골목길을 훔쳐보았다. 골목 건너편에도 내 방과 비슷한 크기의 창문이 있었는데 얼마 지나지 않아 그 방에 불이 켜졌다. 앞집 문간방에서 자취를 하고 있는 여학생이 돌아온 거였다.

기대를 한 것은 아니었지만 춘천에서의 생활은 녹록지 않았다. 어느 날 학교에서 같은 학년 모르는 녀석과 소운동장에서 작은 싸움이 벌어졌다. 주변에서 말렸기에 흐지부지 지나가는가 싶었는데 점심시간에 교실로 밴드부 녀석들이 찾아왔다. 싸움을 했던 녀석이 밴드부원이란 얘기였고 나보고 밴드부실로 오라는 전갈이었다. 그곳에서 엎드려뻗쳐를 한 상태에서 2학년 선배들에게 악보를 펼쳐 놓을 때 쓰는 쇠막대기로 엉덩이를 맞았다. 그들은 선배였고 여럿이었다. 어이가 없고 분했지만 내가 할 수 있는 일은 없었다. 담임 선생을 찾아갈 생각도 들지 않았다. 밴드부원이랑 싸웠다고 밴드부 선배들에게 맞아야 하다니. 교실로 돌아와 책상에 엎드려 눈물만 삼켰다. 또 어느 날은 심한 감기에 걸려 학교에 지각을 했다. 당연히 교문을 지키고 있던 지도부와 교련 선생은 지각을 한 학생들을 모아 놓고 일장훈계를 한 뒤 벌로 토끼뜀을 시켰다. 나는 선생에게 다가가 지독한 감기 때문에 몸이 정상이 아니라고 말했지만 소용이 없었다. 토끼뜀으로 학교 건물을 한 바퀴, 두 바퀴, 몇 바퀴를 돌았는지 모르겠다. 선착순이었는데 내 몸 상태로는 등수 안에 들 수 없었다. 마지막까지 남아서 학교를 돌다가 교실로 들어왔을 때 몸은 식은땀으로 흠뻑 젖어 있었다.

춘천이 싫어졌다. 춘천으로 유학을 온 게 후회스러웠다. 고향으로 돌아가고 싶었다. 왜 멀고 먼 춘천까지 와서 이런 고생을 사서 해야 한단 말인가. 의지할 친구 하나 없는 춘천이었다. 여러 생각을 하던 끝에 내린 결론은 고향에 있는 고등학교로 전학을 가는 것이었다. 하지만 고향집에 전화를 걸어 엄마에게 그 생각을 전했지만 허락을 얻지 못했다. 그만한 일도 견디지 못하느냐는 질책만 듣고 전화를 끊어야 했다.

아마 큰길을 버리고 춘천의 골목길로 접어드는 횟수가 늘어나기 시작한 것도 그즈음일 것이다. 집과 학교 사이에 있는 골목길은 무수히 많았고 마치 미로처럼 얽혀 있었다. 골목길은 아늑했고 어떤 따스함이 담벼락에 빨래처럼 널려 있었다. 골목길에서 험한 인상의 남학생을 만나면 잔뜩 긴장하기도 했지만 교복을 입고 혼자 걸어오는 여학생을 만나면 가슴이 두근거렸다. 나는 고개를 숙인 채 담벼락에 등을 기대고서 그 여학생이 지나가길 기다렸다. 그렇게 돌고 돌아 학교로 갔고 다시 돌고 돌아 자취방으로 돌아왔다. 어떤 날은 열어 놓은 대문에서 뛰쳐나온 사나운 개를 만나기도 했다. 발바리라는 개였다. 고향에서는 한 번도 본 적이 없는데 춘천은 발바리 천지였다. 덩치가 작고 털이 많은 발바리는 이만저만 사나운 게 아니었다. 사람으로 치면 마치 악바리 같았다. 발바리만 빼면 춘천의 골목길은 내가 잠시나마 숨을 수 있는 곳이었다. 골목길을 통해 육림극장에 갔고, 소양로에 갔고, 운교동 파출소가 있는 사거리에 갔고, 어떤 날은 팔호광장에 도착했고, 또 어떤 날은 봉의산에 올라갔다.

그렇게 일요일 내내 춘천의 골목길을 쏘다니다 자취방에 돌아오면 이불에 등을 기대고 앉아 라디오를 들었다. '별이 빛나는 밤에'거나 '이종환의 밤의 디스크 쇼'였다. 간혹 자리에서 일어나 작은 창문의 커튼을 조금 젖히고 골목길 건너편 창문을 훔쳐보았다. 여학생의 방은 불이 켜져 있거나 꺼져 있었다. 커튼이 쳐져 있었기에 안은 보이지 않았다. 그 여학생도 나처럼 시골에서 유학을 온 거였다. 우리는 등교를 할 때 가끔 대문 앞에서 만나는 게 전부였다. 말 한 마디도 건네지 않았기에 나는 그 여학생의 고향도 이름도 알지 못했다. 그저 앞집 문간방에서 자취하는, 같은 학년의 여학생이란 게 알고 있는 전부였다. 그러던 어느 날 밤이었다. 습관적으로 창문으로 다가가 커튼을 살짝 젖히고 그 여학생의 창문을 훔쳐보려 했는데, 맙소사, 그 여학생도 약속이나 한 듯이 커튼의 틈 사이로 내 방의 창문을 바라본 것이었다. 우리는 얼어붙은 것처럼 꼼짝하지 못한 채 한동안 서로의 눈을 바라보기만 했다. 양쪽에서 손을 뻗으면 마주 잡을 수 있을 정도로 좁은 골목길을 사이에 두고서.

그날 밤 우리 두 사람은 커튼의 좁은 틈으로 얼마나 오래 서로를 바라보았을까. 그날 밤 나는 밤새도록 두방망이질 치는 가슴을 진정시키느라 잠을 설쳤다. 다음 날 대문 앞에서 만날지도 모르는데 어떻게 등교를 해야 할지 몰라 잠을 이룰 수 없었다.

나는 결국 이불 속을 빠져나와 다시 창문으로 다가가 커튼 사이로 그 여학생의 창문을 훔쳐보았다. 불이 꺼져 있었다. 내 방의 불도 꺼져 있었다. 가로등만 좁은 골목을 희미하게 비춰 주고 있는 밤이었다. 우리가, 아니 내가 무슨 잘못을 한 것도 아닌데 왜 이렇게 떨리는 거지. 그냥 서로의 창문을 통해 우연히 눈만 마주친 거잖아. 에라, 나도 모르겠다! 잠이나 자자.

다음 날 등교 시간 때 우리는 대문 앞에서 마주치지 않았다. 나는 일부러 평소보다 일찍 자취방을 나와 춘천여고 뒤편 높은 담을 낀 골목길을 한달음에 빠져나왔다. 시간이 넉넉했던 터라 춘천여고 앞 사거리에서 시청으로 내려가는 길을 택하지 않고 팔호광장 방면으로 접어든 뒤 오른편 골목길로 들어갔다. 탤런트 박준금의 부모님 집 뒤편으로 연결된 골목길은 조양동과 운교동의 언덕 동네를 돌고 돌아 시청 옆 무슨 냉면집 옆으로 연결돼 있었다. 거기서부터는 어쩔 수 없이 중앙로 독일제과 앞 횡단보도를 건너 소방서까지 큰길을 이용해야만 했다. 그날 아침 나는 가급적 다른 사람들과 만나거나 눈을 마주치고 싶지 않았는데 이유는 간단했다. 누가 내 눈에서 간밤의 일을 읽어낼지도 모른다는 말도 안 되는 생각 때문이었다. 그런데 지금도 궁금하다. 내가 조운동(조양동과 운교동) 골목길을 헉헉거리며 넘고 있었을 때 그 여학생은 어떤 생각을 하고 있었을까?

그날 밤 이후 그 여학생과 나는 마주 보고 있는 창문을 통해 더 이상 서로의 눈을 동시에 바라보지 못했다. 나는 열일곱 살이었고 대관령 산골짜기에서 유학 온 소심한 촌놈일 뿐이었다. 그 여학생도 비슷한 듯했다. 다음 날 저녁 자취방에 돌아갔을 때 나는 보았다. 맞은편 창문을 가리는 두 개의 커튼이 벽지처럼 빈틈

없이 붙어 있는 것을. 마치 창문이 사라지고 대신 콘크리트 벽이 들어선 것만 같았다.

이후로도 나는 꽤 오래 춘천의 골목길에서 빠져나오지 못했다. 자취방에서는 라디오의 음악방송을 들었고 시를 쓰는 영어 선생이 추천해 준 조지 오웰의 소설 『1984』를 천천히 넘겼다. 가끔 대문 앞에서 그 여학생과 만나면 말없이 스쳐 지나갔고.

산불

    속초와 고성, 강릉, 인제에 참혹한 산불이 지나간 뒤 몇몇 작가가 날을 정해 설악산 아래 도원리(桃院里)란 산골 마을에 모이기로 했다. 도원으로 가는 길은 이름 그대로 길옆에 복사꽃이 활짝 피어 있었다. 하지만 그 전에 먼저 우리가 본 것은 지난 산불의 삭막한 풍경들이었다. 타 버린 집들, 까맣게 변한 나무들, 유령처럼 떠다니는 불의 냄새들…… 차를 타고 지나가며 보는 풍경임에도 화마가 지나간 자리는 참담했다. 더군다나 하룻밤 동안에 삶의 터전을 잃어버린 이재민들의 심정이야 감히 짐작할 수도 없는 일이었다. 이번 산불을 지켜보며 그나마 위안을 삼았던 것은 인명 피해가 크지 않았다는 것뿐이었으니.

    봄날 동해안의 산불 피해가 컸던 것은 강한 바람 때문이라고 사람들은 입을 모아 말한다. 강한 바람이 날아가는 불을 만든 것이다. 고성에서 군 생활을 했던 나 역시 그 바람의 전설 같은 소문을 조교의 입을 통해 들은 적이 있다. 신병교육대의 봄날 아침이었는데 연병장 동쪽 귀퉁이에 전시해 놓았던 군용기가 감쪽같이 사라져 버린 사건이 벌어졌다. 훈련병들이 동원돼 사라진 군용기를 찾기 시작했는데 놀랍게도 그 군용기는 넓은 연병장 건너 위병소 밖 길에 착륙해 있었다. 그것도 파손된 곳이 하나도 없는 채로. 물론 우리들은 강풍에 고물 군용기가 날아가 위병소 밖에 무사히 착륙했다는 조교의 말을 허풍으로 치부해 버렸다. 아무리 바람이 강하기로서니 쇠로 만든 군용기가 조종사와 연료도 없이 날아가겠는가 말이다. 가끔 바람에 날려온 모래알이 얼굴을 때리는 연병장 귀퉁이 군용기 옆을 지나가며 웃음만 흘렸을 뿐이었다. 군용기는 그 사건 이후부터 여러 가닥의 쇠줄에 단단하게 결박돼 있었다. 하지만 나는 다음 해 봄날 그 바람을 직접 만나고 말았다. 민통선 안에서 산불이 났는데 태어나 처음으로 하늘을 날아가는 무수한 불덩이들을 보았다. 불덩이들은 산과 산 사이의 꽤 넓은 저수지 상공을 순식간에 날아가 건너편 산을 태우고 있었다. 고작 괭이와 쇠스랑을 든 우리가 할 수 있는 일은 사실상 아무것도 없었다. 강풍과 손잡은 불 앞에서 인간은 초라할 정도로 무력했다. 불이 저렇게 잔인한 얼굴로 변할 수 있다는 걸 비로소 실감했던 봄날이었다.

도원리에 모인 우리들은 각자의 시와 산문을 읽고 이야기를 나눴다. 이번 산불에 집이 반파된 고성의 시인에게 자그마한 성금을 전달했다. 그 시인은 불이 들이닥치는 와중에도 집으로 들어가 다른 것은 안중에도 없이 원고가 담긴 노트북만 겨우 챙겨 나왔다. 시인은 시인이었다. 삼척에서 온 소설가는 도보여행의 먼 길을 이야기했다. 얼마 전 신입회원으로 가입한 진부의 시인은 아궁이 옆에 쪼그려 앉아 삶의 지난함 속에서도 놓을 수 없는 어떤 희망에 대해 작은 목소리로 입을 열었다. 일산에서 달려온 소설가는 강원도 대화의 돌배로 담근 술을 꺼내 모두에게 한잔씩 돌렸다. 원통의 시인은 그럼에도 불구하고 삶에서의 지속적인 투쟁을 노래했다. 그렇게 우리는 도원의 밤을 건너갔다. 불이 지나간 자리에 다시 꽃이 피어나기를 소원하며. 큰불이 지나갔지만 얼굴에 가득한 그을음을 닦고 다시 낫과 호미, 괭이를 벼려 이재민들이 다시 땅을 일구기를 바라며.

도원에서 돌아오는 길 문득 이런 생각이 들었다. 그동안 잊을 만하면 강원도를 휩쓸고 지나가는 재난들이 여럿 있었다. 산불이 그렇고 폭설이 그렇다. 홍수도 있다. 인재야 부단한 노력으로 줄일 수야 있다지만 천재는 그럴 수도 없다.

날아오는 불과 해일처럼 밀려오는 물 앞에서 인간이 할 수 있는 일은 무엇일까. 궁극적으로 무엇을 해야 하는가. 어렵다. 아니, 아주 단순하게 물어보자. 불타는 집 안에서 당신은 가장 먼저 무엇을 챙길 것인가?

새뿔

지게가 있었다.

아버지는 지게를 지고 산에 가서 나무를 해 왔다. 아버지는 지게를 지고 개울가로 가서 소꼴을 베어 가지고 왔다. 봄날 아버지는 두엄을 지게에 담아 밭으로 날랐다. 가을이면 그 지게에 옥수수나 감자를 가득 담아서 집으로 돌아왔다. 어디 그뿐인가. 이사를 갈 때도 지게로 무거운 짐을 날랐고 장에 갈 때도 마찬가지였다. 산골 생활에서 지게는 아버지의 만능 운반 수단이었다. 필요한 것이라면 무거운 짐을 얹은 지게를 질 힘이 있어야 한다는 것이었다. 그래야만 지게를 유용하게 사용할 수 있었는데 어쨌든 산골 마을에서 농사일을 하는 데 지게는 없어서는 안 될 물건이었다. 어느 집에 가도 지게는 요즘의 자가용처럼 처마 밑이나 담벼락에 세워져 있었다.

어린 시절 내가 본 아버지의 지게는 무엇이든 담을 수 있는 것처럼 보였다. 여름날 산에서 나뭇단을 지고 돌아오는 아버지의 지게에는 굵은 고무딸기가 매달려 있었고 산판일을 끝마치고 귀가할 땐 커다란 건빵 포대가 담겨 있었다. 아버지는 누구보다도 더 많은 짐을 지게에 지는 사람이었다. 동네 사람들이 그 얘길 하는 걸 들었을 때 나는 괜히 우쭐한 기분이 들기도 했다. 더 어렸을 적에는 다리가 아프다고 투정을 부려 아버지의 지겟가지에 올라탄 채 새뿔(지게의 좁아진 맨 윗부분)을 잡고 집으로 돌아온 적도 있었는데 그 기분은 이루 말할 수 없이 황홀했다. 지게는 디딜방아와 함께 우리가 발명한 가장 우수한 연장(농기구)의 하나라고 한다. 지게를 지고 못 갈 길이 없기 때문이다. 좁은 산길, 험한 고갯길, 논둑 밭둑길, 외나무다리, 돌다리, 심지어는 지게를 지고 개울을 건너갈 수도 있다. 산이 많은 우리나라의 지형과 딱 맞는 농기구이자 운송 수단인 것이다. 그런데 역설적이게도 그 우수함 때문에 다른 나라처럼 마차 제조의 기술 개발이나 길을 넓히는 일이 한참이나 뒤처졌다고 하니 묘한 기분이 들기도 한다.

아버지는 지게를 직접 만들었다. 사용하던 지게가 너무 낡았거나 지겟다리(목발), 지겟가지가 부러져 더 이상 수리가 불가능하면 산에 올라가 지게의 몸체가 될 소나무 가지를 물색했다. 몸체는 Y자 형태라고 보면 되는데 두 개가 필요하다. 가급적 쌍둥이처럼 닮은 게 좋다. 그렇게 베어 온 몸체를 잘 말린 다음 낫과 자귀를 사용해 적당한 굵기로 다듬고 체구에 맞게 길이를 조절한다. 그 다음엔 몸체와 몸체를 연결할 세장(단단한 박달나무나 물푸레나무)을 깎고 몸체의 안쪽 옆면에 구멍을 뚫어 끼워 맞춘다. 아래로 내려오면서 길이가 길어지는 세장은 3~5개 정도가 필요하다. 여기에 몸체와 세장이 빠지지 않도록 탱개(탕개줄)를 감은 뒤 풀리지 않도록 탱개꼬쟁이(탕개목)을 질러 놓으면 일단 지게의 기본 형태가 완성된다.

다음은 지게에 옷을 입히는 작업이다. 짚과 동아줄로 걸빵(메삐, 밀삐, 멜빵) 두 개를 만들어 위에서 두 번째 세장과 지겟다리에 연결한다. 걸빵은 지게에 무거운 짐을 지고 일어났을 때 어깨에 닿는 부분이라 가급적 두툼하게 만들어야 아프지 않으므로 헝겊으로 덧대면 좋다. 등태(지게에 등이 닿는 부분) 역시 짚으로 짜는데 통통하게 엮어야 등이 편하다. 이제 마지막으로 한쪽 지겟다리에 동바를 연결하면 되는데 동바는 짐을 실었을 때 고정하기 위한 밧줄이어서 평상시에는 지겟가지에 둘둘 감아 놓는다.

아, 중요한 부속도구가 두 개 남았다. 첫 번째는 지겟작대기(바지랑대)다. 지게는 어디에 기대 놓지 않는 한 스스로 서 있을 수가 없다. 그래서 지겟작대기가 필요하다. 윗부분이 아귀가 진 지겟작대기를 지게의 가장 위쪽 세장에 비스듬하게 게워(괴어) 놓은 채 짐을 싣고 지게를 지고 일어날 땐 그 지겟작대기로 균형을 잡는다. 무거운 짐을 지었을 때, 길이 험할 때, 지게를 지고 가다가 예기치 않은 상황이 벌어졌을 때 지겟작대기는 다양한 용도를 발휘한다. 흥이 날 땐 지겟작대기로 지겟다리를 두드려 박자를 맞추고 노래를 부를 수도 있다. 하지만 지게를 진 사람이 기분이 안 좋을 때엔 그 지겟작대기에 얻어맞을 수도 있다. (어린 시절 아버지의 지겟작대기에 맞아 보지 않은 사람 인생을 논하지 말라!) 두 번째 부속도구는 바소구리(발채)다. 바소구리는 지게에 소꼴이나 농작물 등을 실을 때 유용한 농기구다. 싸릿가지를 둥글넓적한 조개 모양으로 걸어서 접었다 폈다 할 수 있게 만드는데 양쪽에 고리를 만들어 하나는 지겟가지에 걸고 나머지는 새뿔(새고자리)에 걸어서 사용한다. 필요할 때만 부착했다가 떼어낼 수 있는데 대단히 요긴한 농기구다.

어두워져 가는 가을 오후 산 아래 강냉이밭에서 마른 강냉이를 따던 아버지는 내게 심부름을 시켰다. 집에 가서 지게에 바소구리를 걸어서 가져오라고. 한참을 걸어서 집으로 돌아온 나는 지게를 짊어지다가 바소구리를 떠올렸지만 순간 멍해졌다. 바소구리란 말은 많이 들어봤지만 바소구리가 무엇인지 알 수가 없었던 것이다. 나는 바소구리? 바소구리? 중얼거리며 헛간을 뒤지고 앞마당과 된(뒤란)을 오갔지만 끝내 바소구리가 무엇인지 알아내지 못했다. 할 수 없이 빈 지게만 지고 비알밭으로 갔으니 그 다음은 어떻게 되었는지 상상에 맡기겠다. 빈 지게를 진 나는 훌쩍거리면서 다시 집으로 돌아왔다. 내가 공부하는 국어책에는 바소구리란 말이 없다고 툴툴거리며.

사실 아버지의 지게는 어린 내가 감당하기엔 너무 크고 무거웠다. 마을의 어떤 아이는 자기 몸에 딱 맞는 지게를 가지고 있어 나도 아버지에게 내 지게를 만들어 달라고 했으나 소원은 이루어지지 않았다. 아버지의 지게를 질 수는 있었으나 짐이 무거우면 지고 일어나거나 걷는 게 쉽지 않았다. 지겟작대기를 짚고 일어나다가 얼찐하면(툭하면) 지게와 함께 뒤로 벌렁 나자빠지거나 앞으로 넹게배겼다(넘어졌다). 지게가 내 체형과 맞지 않은 탓도 있었지만 지게를 지는 요령이 없었기 때문이었다. 용케 일어난다 해도 몇 걸음 옮기지 못하고 비틀거리다가 지겟가지에 올려놓은 짐을 쏟아 버렸다. 지게 지는 요령을 아버지에게 배우면서 나도 조금씩 어른이 되어 갔다. 지겟작대기로 괴어 놓은 지게를 질 땐 먼저 지게 앞에 앉아 걸빵을 양 어깨에 걸쳐야 한다. 등을 등태에 바짝 붙인 뒤 왼쪽 고뱅이(무릎)는 땅에 붙이고 오른쪽 다리는 기역자로 구부린 채 오른손으로 지겟작대기를 단단하게 잡는다. 그 다음엔 등으로 지게 무게를 어느 정도 지탱하며 세장에 괴어 놓은 지겟작대기를 오른손으로 천천히 빼서 힘의 균형을 맞추며 왼쪽 무릎과 오른쪽 다리를 조금씩 일으켜 세운다. 이렇게 하면 무거운 짐을 올려놓은 지게를 지고 일어날 수 있다. 여기서 중요한 점은 구부린 등과 지겟작대기로 지게의 무게를 섬세하게 나눌 줄 알아야 한다는 것이다. 등에 진 지게를 벗는 일, 땅에 내려놓는 일도 역시 쉬운 일이 아니다. 지게질은 아무나 할 수 있는 게 결코 아닌 것이다.

이제 늙으신 아버지는 지게를 지지 않는다. 대신 경운기를 끌고 다닌다. 경운기 이전에 리어카가 있었다. 눈이 덮인 겨울엔 발구를 끌고 가서 나무를 했다. 가끔 고향에 가는데 이젠 어느 누구도 지게를 지고 다니지 않는다. 경운기도 쉽게 보기 어렵다.

자그마한 농용 트럭이 모든 걸 해결한다. 아버지는 농용 트럭까지는 가지 않았다. 한때 나는 인간에게 어깨가 있는 게 원망스러웠다. 지게는 어깨가 있어야만 질 수 있기 때문이다.

나는 어른이 되면 절대 어깨를 쓰는 일을 하지 않겠다고 수없이 다짐했다. 하지만 이제 지게는 고향집에서 영영 사라졌다. 아버지에게 지겟작대기로 얻어맞는 일도 없어진 것이다. 그 시절 도망치지 않고 지겟작대기에 조금 더 맞았다면 훌륭한 사람이 되었을 텐데…….

서캐

　어린 시절은 이와 동거를 한 것 같다. 교실에서 공부를 하다가 앞에 앉은 여자아이의 머리카락을 타고 슬금슬금 기어가는 이를 발견하곤 짓궂게 놀렸던 기억도 있는데 지금 생각하니 미안하기 그지없다. 여자아이들은 남자아이들보다 상대적으로 머리카락이 길어서 벌어진 일일 뿐인데 나는 마치 그 아이의 머리카락이 온갖 이들의 소굴인 것처럼 떠들었으니 그 아이는 얼마나 창피했을까. 울면서 교실을 뛰쳐나갔던 그 아이는 다음 날 결석까지 했으니 방정맞은 내 입이 그 아이의 마음에 깊은 상처를 남긴 것이나 다름없었다. 아주 늦게나마 미안한 마음을 전한다.

사실 그 당시 우리 반 아이들은 늘 이 몇 마리와 함께 살고 있었다는 게 맞을 것이다. 옷 속 깊은 곳에 숨은 이는 어린 우리들의 피를 빨아 먹으며 기생을 했을 것이다. 위생 상태가 열악했던 시절이었다. 그 시절을 틈타 몸 밖에선 이가 기생했고 배 속에선 또 다른 기생충이 활개를 치며 살았다. 머리카락과 옷에 살충제(DDT)를 뿌리고 대변 검사를 한 뒤 구충약을 먹으면서 우리들은 비로소 그것들과 작별을 할 수 있었다.

아무래도 이는 사람의 옷차림이 간편한 여름철보다는 겨울철에 더 번성했다. 머리와 등, 겨드랑이, 사타구니가 가려울 수밖에 없었고 그러니 깊고 깊은 겨울밤 우리 몸의 피를 빨아 먹는 이들의 등쌀에 겨드랑이와 사타구니를 긁지 않을 수 없었다. 인간과 이의 본격적인 전투가 시작된 것이다. 이를 잡지 않는 한 편안한 잠을 이룬다는 것은 불가능했다. 더군다나 회충이나 편충과 달리 이는 한 사람의 몸에서 다른 사람의 몸으로 이동이 가능하기에 같은 집에서 같은 방을 쓰고 같은 이불을 덮는 현실에선 누구 한 사람도 그 곤경에서 자유로울 수가 없었다. 한 가족이 모두 합심하여 이를 잡아야만 했다.

찬바람이 쌩쌩 부는 대관령의 겨울밤 엄마는 군사 작전을 수

행하듯 가족들을 차례로 벅으로 내몬 뒤 입고 있는 옷을 모두 벗겨 뒷마당의 빨랫줄에 내걸었다. 가마솥에는 물이 펄펄 끓었고 벅 바닥에는 커다란 고무 구박이 대기하고 있었다.

"엄마, 빨래도 안 한 옷을 왜 빨랫줄에다 거는 거야?"

"얼려 죽이려고."

"이가 얼어 죽어?"

"그럼!"

가장 막내인 나부터 고무 구박에 들어가 목욕을 했고 누나들이 그 뒤를 이었다. 이를 퇴치하기 위한 엄마의 다음 무기는 알 불이 가득한 화로와 참빗이었다. 널따란 달력을 방바닥에 깐 뒤 엄마는 누나들의 머리를 참빗으로 꼼꼼하게 빗기 시작했다. 누나들이 아프다고 비명을 질렀지만 소용이 없었다. 머리카락이 뽑혀 나올 정도로 참빗의 빗살은 촘촘했다.

"가만히 있어. 이래야 서캐가 떨어져."

"엄마, 서캐가 뭐야?"

"이가 낳은 알이야."

"이가 알을 낳아?"

엄마는 몇 번 빗질이 끝나면 참빗의 날을 악기 연주하듯 손가락으로 쓰다듬었다. 펼쳐 놓은 달력 위에는 밀가루 같은, 아주 작은 알들이 쌓여 가고 있었다. 그리고 그 사이를 징그러운 이 몇 마리가 살금살금 기어갔다. 머리를 감았는데도 붙어 있던 이들이었다. 그러면 엄마는 달력을 키(곡식 따위를 까불러 쭉정이나 티끌을 골라내는 도구)처럼 만들어 들고서는 옆에 놓인 화로 위에 내용물들을 솔솔 뿌렸다. 찰나, 화로에선 탁, 탁, 타닥, 타다닥거리는 소리가 피어나기 시작했다. 바로 이와 서캐가 타는 소리였다. 그 소리는 마치 바싹 마른 자작나무가 타는 것처럼 경이로웠다.

하지만 집에서 아무리 소동을 떨어도 이는 쉽게 박멸되지 않았다. 문제는 바로 우리들이 다니는 초등학교였다. 자그마한 교실에 오륙십 명의 아이들이 붙어 앉아 서로 뒤엉켜 돌아가는 이상 이를 퇴치한다는 건 쉬운 일이 아니었다. 계절은 다르지만 심지어 어떤 아이들은 이뿐만 아니라 집에서 기르는 누에까지 데려오곤 했으니까 말이다(집에서 기르는 누에가 옷에 붙어 학교까지 따라온 것이다). 이는 마치 우리가 친한 친구 집에 놀러 가듯 쏘다녔던 것이다. 우리들은 공부를 하다가도 옷 속에 손을 집어넣어 벅벅 긁어대느라 바빴다. 이약(藥)이 대중화될 때까지.

겨울밤 엄마는 옷 속이나 머리카락에 숨어 있는 이를 잡았을 때 옆에 화로가 없으면 엄지손톱 위에 이를 올려놓고 다른 엄지손톱으로 눌러서 잡았다. 그때마다 통통하게 살이 오른 이가 터지는 소리가 톡, 톡 들렸는데 그 소리도 경쾌했다. 한번은 방바닥에 엎드려 만화책을 보다가 우연찮게 이를 잡는 엄마의 엄지손톱을 보게 되었다. 맙소사! 엄마의 양쪽 엄지손톱은 얼마나 많이 이를 죽였는지 이에서 터져 나온 피로 붉게 물들어 있었다. 마치 봉숭아물처럼. 물론 그렇게 죽은 이가 불쌍한 것은 절대 아니었다. 다만 그 붉은 피가 내 몸에서 흐르던 피였을지도 모른다는 생각을 하자 묘한 기분이 들었다. 아, 서캐에선 피가 나오지 않았다. 손톱으로 서캐를 터트리면 하얀 진액이 손톱에서 말라갔다. 피건 진액이건 좀 더러워 보였지만 엄마는 이를 잡는 일을 모두 마칠 때까진 절대 손톱을 씻지 않았다. 그건 좀 신경이 쓰였다. 가끔 이를 잡다가 벅으로 나가 무슨 일인가를 하고 들어왔는데 그때도 엄지손톱의 색깔이 그대로였으니까.

중학생이 되면서부터 이를 잡는 겨울밤은 다시 찾아오지 않았다. 인간의 몸에서 마침내 이들이 떠나갔기 때문이다.

폭설이 내리는 밤 고향집에 가면 화로는 버강지(아궁이) 대신 화목보일러의 알불을 담은 채 방을 덥히고 있지만 이들이 콩을 볶는 것처럼 타는 소리는 더 이상 찾을 수가 없다. 길고 깊은 겨울밤 화로 옆에 앉은 나는 신배술(돌배술)에 취해 가며 그런 오래된 기억들을 꺼내 손톱으로 톡톡 터트리고만 있을 뿐이다.

속초

속초를 한자로 쓰면 묶을 속(束)에 풀 초(草)다. 묶을 속자는 약속할, 언약할 속자이기도 하다고 사전에 나온다. 풀은 거친풀, 잡초라는 설명이 붙어 있다. 거친 풀이나 잡초를 묶는 곳, 그것들과 약속을 하는 곳이라고 해석을 하니 왠지 마음 한쪽에서짠한 물살이 천천히 번져 오는 느낌이다. 그래서인지 언젠가부터 7번 국도를 타고 동해안을 거슬러 올라가 속초로 간다는 것은그 풀들을 만나러 가는 것이란 생각을 몰래 하곤 했다. 청호동아바이마을, 쇠줄을 끌어당겨 청초호를 오가는 갯배, 실향민, 속초역. 투박한 함경도 사투리들을 묶어 버린 곳, 그것들과 언약을한 곳…… 매번 조금씩 다른 일로 속초를 찾아가지만 내 마음속의 속초는 언제나 그 바탕에 애틋한 정서가 담겨 있는 곳이다.

속초는 수복지구(收復地區)다. 휴전협정 이듬해인 1954년에남한 땅이 되었다. 속초뿐만이 아니다. 강원도의 철원, 김화의일부, 그리고 화천, 양구, 인제, 양양, 고성이 모두 그렇다. 38선이 그어진 뒤부터 북한 땅이었다가 한국전쟁 이후 남한 땅이 된곳이 바로 수복지구다. 아…… 네 땅, 내 땅, 우리 땅을 가르느라피어났던 피비린내는 잠시 묻어 두자. 하여튼 전쟁 이전의 속초는 양양군 속초면이었는데 전쟁 이후 함경도 실향민들이 북쪽의 고향과 가까운 곳에 대거 터를 잡으면서 급속도로 커져 지금의 속초시가 되었다. 그러니까 속초는 예전에 북한 땅에 기대 살던 속초 사람들과 피난 내려온 함경도 사람들의 애환이 한데 섞여서 새롭게 만들어진 도시인 것이다. 한때는 북한 사람이었다가 전쟁의 소용돌이 이후 남한 사람이 된 아바이 어머이 들이 모여서 사는 곳, 내게 있어 속초는 그 역사의 질곡을 속 깊은 곳에 감춘 채 쓰러졌다가도 일어나기를 되풀이하는 풀들의 땅이었다.

지난 시절 나는 이러저러한 일들로 꽤 자주 속초를 드나들었다.

한 번도 가 본 적 없는 속초가 내 마음속에 처음 자리를 잡은 것은 설악산 여행을 갔다 온 형이 마른오징어와 함께 사 가지고 온 관광 사진첩 덕분이었다. 그 안에는 설악산과 속초의 명승지를 담은 천연색 사진들이 가득했는데 그 중 인상적인 것은 바랑을 짊어진 스님이 단풍 가득한 산길을 걸어가는 뒷모습이었다. 절은 보이지 않았지만 그 스님이 깊은 산속에 자리한 암자를 찾아가고 있다는 걸 사진 아래에 붙은 설명을 통해 알 수 있었다. 나는 그 스님이 되어 사진첩 속을 발이 닳도록 돌아다녔는데 과연 방학이 끝나자 아껴 둔 마른오징어를 질겅질겅 씹으며 친구들에게 진짜로 설악산을 여행하고 돌아온 것처럼 떠들 수 있게 되었다. 혹시라도 거짓말이 들통나지 않을까 조마조마했지만 산골의 초등학교 아이들은 내가 들려준 설악산과 절, 스님, 바다 이야기에 거의 넋을 놓고 있었다. 나의 첫 속초 여행은 엉뚱하기 그지없는 거짓말로 시작되었는데 그게 질긴 인연으로 엮어질 줄은 그때는 미처 알지 못했다. 세상 모든 일이 그러하겠지만.

　속초 고성에서 갑작스런 연락이 온 것은 지난 사월 초순의 저녁이었다. 텔레비전 화면을 벌겋게 물들이는 건 다름 아닌 산불이었다. 설악산 미시령 아래 56번 도로변에서 발화된 불은 봄날의 강풍을 타고 빠른 속도로 속초 시내를 향해 번지고 있다는 보도였다. 미시령 아래에는 시를 쓰는 친구가 살고 있었다. 아니나 다를까. 시인의 집은 불길에 휩싸였고 부부는 하늘로 휭휭 날아가는 불똥을 피해 몸만 겨우 빠져나왔다는 문자가 도착했다. 안타까움과 안도가 어지럽게 교차되는 밤이었다. 화면 속의 불은 무시무시했다. 한 마디로 미친 불, 화마였다. 도로를 질주하고 집과 나무들을 일시에 삼켜 버린 뒤 다시 붉은 혀를 날름거리며 다음 먹잇감을 찾아 탐욕스런 눈을 희번덕거렸다. 봄날의 동해안 강풍을 등에 업은 산불을 인력으로 잡는다는 건 거의 불가능한 일이었다. 더군다나 밤이어서 소방헬기가 뜰 수도 없는 상황인데 화마는 속초 시내를 향해 전속력으로 질주하고 있었다. 가히 아수라장이나 다름없는 밤이었다. 밤이 어서 지나가기만을 바랄 뿐이었다. 설상가상 산불은 속초 고성뿐만이 아니라 인제와 강릉에서도 발생했으니…… 다음 날 우리는 속초로 향했다. 도로는 전국에서 강원도로 향하는 소방차들로 북적거렸다. 인제를 지날 때 먼 산에서 연기가 피어오르고 있었고 소양호에서 물을 푸는 소방헬기를 만났다. 다행히 강풍은 수그러든 상태였다. 미시령을 빠져나와 속초로 접어들자 풍경이 돌변했다. 검게 탄 소나무들, 지붕이 무너져 내린 집들, 한쪽 벽만 남은 집들, 아예 주저앉은 집들⋯⋯ 할머니 한 분이 불타 버린 집 앞에서 통곡을 하고 계셨다. 시인의 집은 창고가 녹아내렸고 집 안은 온통 연기와 열기에 그을어 있었다. 불이 지나간 자리에서 피어나는 냄새에 우리는 계속해서 기침을 토해내야만 했다. 시인은 불이 날아다니던 전날 저녁 집으로 들어가 원고가 저장된 노트북 하나만 챙겨 나왔다고 담담하게 말했다. 아, 신기하게도 시인의 서재만 불과 연기가 들어가지 않아 무사했다. 안채와 이어진 연결 통로가 없어서 탈을 입지 않았겠지만 신기한 것은 사실이었다.

속초 고성에 산불이 지나간 지 세 달이 흘러갔다. 그동안 우리는 언론에서 보도되는 산불 이후의 소식들을 들었다. 까맣게 타 버린 폐차장, 화상을 입고 일어나지 못하는 가축들, 하룻밤 사이에 살던 터전을 잃고 초등학교 체육관에서 생활을 하는 이재민들, 화재 지역을 방문하는 정치인들, 화재의 원인을 놓고 왈가불가하는 사람들⋯⋯ 예상했던 대로 시인의 집은 골조만 남겨 놓고 나머지는 모두 철거하기로 결정했다는 소식도 전해졌다. 나는 휴대폰의 지도를 펼쳐 놓고 산불이 휩쓸고 간 지역들을 살폈다. 원암, 성천, 인흥, 장천, 용촌, 봉포, 장사동, 영랑호 일대⋯⋯ 불이 달려간 길을 더듬었다. 미시령에서 영랑호까지 이어진 야산의 능선, 미시령에서 원암 인흥을 지나 봉포항까지 이어진 능선, 그리고 그 사이사이의 자그마한 야산들을 타고 달려간 화마는 바다에 다다라서야 비로소 기세를 잃고 진정된 형국이었다. 만약 바다가 없었더라면 어떻게 되었을까, 라는 생각을 하며 때맞춰 들이닥친 무더위를 등에 업고 다시 속초를 향해 차를 몰았다.

어린 시절의 가짜 속초 여행 이후 나이가 들면서 나의 속초행은 점점 잦아졌다. 중학교 수학여행 때 방문했던 설악동의 신흥사와 울산바위, 그리고 비선대. 우리들은 까만 교복을 입고 비선대 아래의 너럭바위에 모여서 단체사진을 찍었다. 하지만 그때도 속초를 제대로 알지 못했다. 대학 시절 친구와 함께 설악산 대청봉에 올라갔지만 역시 마찬가지였다. 다만 속초에서 유학 온 친구들의 입을 통해 조금씩 속초의 슬픔에 대해 접하기 시작했다. 오래전에 존재하다가 사라진 동해북부선에 대한 이야기도 당연히 그 안에 들어 있었다. 그 안에는 이름만 들어도 아름다운 역들이 가득했는데 불러 보면 이렇다. 양양역, 낙산사역, 대포역, 속초역, 천진역, 문암역, 공현진역, 간성역, 거진역, 현내역, 제진역…… 삼일포역, 외금강역, 장전역…… 그리고 종착역인 안변역. 나는 아버지가 함경도 사람인 친구의 입을 통해 흘러나오는 동해북부선의 아름다운 이름들을 상상했고 그 열차를 타고 금강산과 함흥 원산을 오갔을 이들을 떠올리며 취해 갔다. 언젠가는 속초역이란 제목으로 두툼한 소설 한 권을 쓰겠다고 몰래 다짐하며 근사한 역 하나를 그려 나가기 시작했던 것이다.

영동고속도로, 동해고속도로를 이용해 다시 찾아간 속초는 아직도 화마의 흔적을 고스란히 간직하고 있었다. 미시령 아래에서 속초 시내로 들어가는 56번 도로는 야산의 능선을 따라 이어졌는데 오른쪽은 시가지고 왼쪽은 주로 관광 시설이 들어서 있었다. 도로를 가운데에 놓고 산불과의 치열한 사투가 벌어졌음을 곳곳에서 확인할 수 있었다. 만약 산불이 도로를 넘어 시가지로 진입했다면 어떻게 되었을까를 상상하는 것만으로도 끔찍했다. 도로 근처에는 폭죽을 저장해 놓은 리조트의 창고, 가스 충전소, 주유소가 있었다. 그날 밤 속초의 남쪽 사람들은 북쪽 하늘에서 전쟁이 난 것처럼 벌겋게 타오르는 불길을 바라보며 잠 한 숨 청하지 못했다고 한다. 통장과 귀중품을 챙긴 채 집을 나와 북쪽 하늘을 바라보며 가슴을 졸였다고 한다. 바람이 혹시라도 길을 바꿀까 전전긍긍해 하며. 속초의 북쪽 사람들이 집 외곽에 물을 뿌리며 악전고투를 하고 있는 동안에. 무너져 내리는 집을 보며 발을 동동 구르는 동안에. 어쩌겠는가. 그게 인간의 모습인 것을. 산불이 번져 가는 그 시간 우리들 또한 다르지 않았으니…….

바다 근처 장사동의 오래된 장칼국숫집에서 우리들은 더위에도 불구하고 땀을 흘리며 뜨거운 칼국수를 먹었다. 국숫집 뒤편 야산에도 불의 흔적은 남아 있었다. 주방에서 나온 주인은 집 뒷마당까지 내려왔던 불 이야기를 들려주었다. 불이 올라앉은 소나무는 누렇게 잎이 말랐고 소방차에서 뿌린 물 덕분에 목숨을 건진 소나무는 칠월의 하늘 아래서 초록을 자랑하고 있었다. 하지만 불은 거기서 멈추지 않았다. 다른 야산을 이용해 바다까지 달려간 불은 한때 손님들로 북적거렸던 카페 나폴리아를 모두 삼켜 버렸다. 그 자리를 지키고 있는 건 바다를 등진 채 기타를 치며 노래 부르는 엘비스 프레슬리의 밀랍 인형뿐이었는데 기타 줄은 불에 녹아 끊어져 있었다. 기타 줄 너머의 바다만 아무 일 없었다는 듯 그대로였다. 우리는 임시 카페에서 얼음커피를 사들고 다시 길을 떠났다. 산자락 아래 지붕이 녹아 버린 집. 주저앉은 창고. 고철이 돼 버린 농기구. 농촌 지역의 이재민들이 거주하는 자그마한 조립식 주택들. 이재민들은 새집을 지을 때까지 어쩔 수 없이 그곳에서 살아야 한다. 마을을 벗어나자 불에 탄 소나무 숲이 모습을 드러냈는데 산불 이후에 자라난 풀들과의 대비는 기이하기까지 했다. 그나마 위안인 것은 논과 밭에서 농작물들이 자라고 있다는 점이었다. 논에서는 어린 벼가 밭에서는 콩 옥수수 감자 고추 들이 뙤약볕을 맞으며 고군분투하고 있었는데 집을 잃은 농민들의 시름 하나를 덜어 준 거나 다름없었다. 원암리 시인의 집으로 들어가는 입구의 집터에도 조립식 주택 하나가 놓여 있었다. 지난봄 불타 버린 집 앞에서 울던 할머니가 떠올랐다. 반파된 시인의 집은 한창 공사 중이었다. 시인의 서재를 들여다보고 집을 나오는데 오토바이를 탄 집배원이 우편함에 소포를 넣고 떠나갔다. 시인의 집 입구에 피어 있는 노란 나리꽃 세 송이가 소포의 내용물이 궁금한 듯 고개를 까닥거렸다.

내가 속초를 본격적으로 알게 된 것은 속초의 북쪽에서 삼년 가까이 군 생활을 하면서부터다. 그때 동해북부선의 그리운 역들이 자리했던 곳을 훔쳐보았고 또 가끔씩 속초역을 꿈꾸었다. 사라진 속초역에서 하염없이 누군가를 기다리는 어떤 사람도 떠올렸다. 그때에도 봄날이면 어김없이 크고 작은 산불이 속초의 북쪽을 방문했고 겨울이면 폭설이 퍼부었다. 그리고 다시 세월이 많이 흐른 어느 봄날 나는 토성면 바닷가에 방을 얻어 놓고 「속초역」이란 소설을 본격적으로 쓰기 시작했다. 밤이면 쿵쿵거리는 파도 소리가 들려오던 방이었다. 하루 한 번씩 장사동 장칼국숫집에 가서 배를 채우고 돌아와 소설을 쓰던 방이었다. 갑자기 그 집의 안부가 궁금해 영랑호에서 차를 돌렸다. 그곳은 속초 고성 산불이 지나간 지역의 한가운데로 흐르는 용촌천이 바다와 만나는 곳에서 그리 멀지 않는 곳에 있었다. 불탔을까, 그대로일까. 그해 봄 나는 그 방에서 「속초역」의 초고를 완성했지만 그 원고는 책이란 얼굴로 세상에 나오지 못했다. 이유는 간단하다. 나는 속초역을 안다고 여겼지만 사실 아무것도 모르고 있었던 것이다. 내가 만든 속초역은 파도가 치면 속절없이 무너지는 모래역이었던 것이다. 다행히 그 방은 내가 쓴 소설처럼 힘없이 무너지지 않고 그 자리를 지키고 있었다.

속초의 서쪽인 설악산 능선 위에 해가 떠 있는 시간, 나는 일 방통행로인 영랑 호반길로 들어섰다. 벚나무의 녹음이 우거진 호수 옆에 자리한 펜션들은 대부분 불에 탄 채 아직 철거되지 않은 채로 그 자리를 지키고 있었다. 지난 봄날의 산불로 실로 많은 것들이 불탔다. 산과 나무와 민가, 창고, 축사, 식당, 개인사업자들의 사무실이 단 하룻밤의 불길에 초토화돼 버렸다. 어디 그것들만 불탔겠는가. 거기에 담긴 소중한 꿈마저 타 버렸으니. 명태와 양미리를 즐겨 그리던 화가의 작품들이며 오랜 세월 장사동에서 라디오 드라마를 집필하던 작가의 집필실도 타 버렸다. 속초 극단인 '파·람·불'의 장사동 물품 창고도 화마에서 살아남지 못했지만 주변의 도움으로 2019년 대한민국연극제에 참가해 금상을 수상하는 쾌거를 거두기도 했다.

속초의 먹자거리에서 늦은 저녁으로 김치찌개를 먹으며 나는 결국 나를 생각했다. 화마가 축지법을 쓰고 하늘을 날아간 여파에 집이 불타 거리로 내몰린 농부가 그래도 논에 물을 대고 벼를 심듯 나 역시 다시 속초역을 찾아 나서겠다고. 그게 바로 내 마음의 불타 버린 황무지에 나무 한 그루를 심는 일이라고 고개를 끄덕였다. 속초의 북쪽 사람들에게 많이 미안해 하며.

신작로

평창 출신 소설가 이효석은 고향을 무대로 한 소설을 모두 세 편 썼다. 가장 널리 알려진 소설은 「메밀꽃 필 무렵」이고 다른 두 편은 「개살구」와 「산협」이다. 이 세 편의 소설을 후대 사람들은 보통 '영서 삼부작'이라 부른다. 「산협」에 등장하는 인물은 어느 날 산골짜기 봉평을 떠나 오대산 월정사로 가다가 난생처음 신작로(新作路)와 자동차를 보게 된다. 신작로는 말 그대로 자동차가 다닐 수 있게 기존의 우마차가 다니는 길을 새로이 넓게 만든 길이다. 물론 신작로는 일제가 오대산의 자원수탈을 원활하게 하기 위해 만든 길이기도 하다. 아흔아홉 굽이 대관령도 당연히 신작로로 변했고 이후 오대산의 아름드리나무들이 트럭에 실려 고갯길을 넘게 되었다. 하여튼 소설 속의 인물은 오대산에 갔다가 봉평으로 돌아와 아직 신작로와 자동차를 보지 못한 주변 이들에게 그 소감을 이렇게 얘기한다.

"크고말고. 신작로가 한없이 곧게 뻗친 위를 우차가 늘어서고 자동차가 하루에도 몇 번씩 달아나데. 자동차 처음 보고 뜨끔해서 길가에 쓰러졌다네. 돼지같이 새까만 놈이 돼지보다도 빠르게 달아나거든. 우레 같은 소리를 지르면서. (…) 세상이 넓지.

마당 같은 넓은 길을 걷고 있노라면 이 산골로 다시 돌아올 생각
이 없어져. 어디든지 먼 데로 내빼고 싶으면서."

　　마치 요즘의 고속도로를 묘사하는 것 같아 웃음이 절로 나
온다. 우차는 당연히 소가 끄는 수레다. 사실 당시에는 자동차보
다 우차의 수가 훨씬 많았다. 달구지라고도 하는 우차를 부리는
사람은 달구지꾼 또는 우차꾼이라고 불렀다. 그들은 우차를 끌
고 대관령을 넘나들면서 오대산의 나무를 실어 날랐다. 이효석
의 또 다른 소설 「개살구」는 무대가 오대산 아래 진부인데 소설
속의 한 처녀는 그 우차꾼 총각과 사랑에 빠진다. 그들이 간식을
먹으며 짧은 만남을 갖는 장소는 오대산에서 나와 길이 동서(강
릉과 진부)로 갈라지는 월정거리다.
　　소설에 나오는 이 이야기는 우리 할아버지 할머니가 살던 시
대의 풍경이다. 같은 평창이니 우리 조부모도 당시 소설의 주인
공이 걸었던 신작로를 걸었을 것이다. 나무를 싣고 가는 우마차
들과 흙먼지를 일으키며 달려가는 자동차를 놀란 눈으로 바라보
았을 게 틀림없다. 더군다나 조부모의 집은 월정거리에서 대관
령으로 가는 신작로 옆에 있었으니 신작로가 만들어지는 과정도
모두 보았을 것이다. 아버지도 그 집에서 자라다가 결혼을 하면
서 인근 신작로 근처로 분가했으니 어린 시절을 같은 신작로에
서 놀았을 것이다.

놀라운 것은 세월이 흘러도 그 신작로는 사라지지 않고 내게 까지 내려왔다는 것이다. 내가 어렸을 때도 사람들은 마을을 동 서로 가로지르는 그 길을 신작로라고 불렀다. 물론 비포장도로 였다. 신작로 주변에는 송방(가겟방)과 담배 가게가 있었다. 그 앞은 버스정류장이었다. 신작로는 찻길이기도 했지만 인도의 역 할도 같이 했다. 어디인가로 가려 하면 가장 빠른 길이 신작로였 다. 신작로는 울퉁불퉁했고 돌멩이가 많았다. 비가 내리면 곳곳 에 물웅덩이가 생겨났다. 가로수는 이태리포플러였는데 가을바 람이 불면 나뭇잎 소리가 요란했다. 그러다 겨울이 되면 대관령 의 폭설을 피하지 못하고 흰 눈으로 옷을 갈아입었다. 자동차가 다니는 길임에도 신작로의 다져진 눈은 겨울 내내 녹지 않았다. 어린 시절 어쩌면 나는 마을의 신작로를 걷거나 완행버스를 타 고 이십 리 떨어진 진부의 중학교를 오가며 조금씩 집 밖의 세계 를 알아 갔던 것 같다. 소설 속 주인공처럼 집으로 돌아가지 않 고 어디 먼 곳으로 떠나고 싶은 마음이 불쑥불쑥 들곤 했던 것이 다.

초등학생이 되기 전 내 소원은 엄마를 따라 완행버스를 타고 진부장에 가 보는 것이었다. 하지만 번번이 퇴짜를 맞았다. 버스 정류장까지 따라가서 울고불고 매달렸지만 소용없는 일이었다. 꽁지에 흙먼지를 달고 온 버스가 도착해 문이 열렸지만 결국 나 만 홀로 정류장에 남아 눈물을 닦아야만 했다. 나는 집으로 돌아가지 않고 신작로 옆에 앉아 돌멩이를 던지며 가끔씩 지나가는 자동차들을 구경했다. 그러다 자동차가 시야에 들어왔다가 지나가면 자리에서 일어나 처음부터 끝까지 바라보았다. 어떨 때는 쫓아가 보기도 했지만 입과 코로 흙먼지만 실컷 들이켜곤 터덜터덜 집으로 돌아왔다.

신작로는 늘 보는 마을 사람들만 다니는 길이 아니었다. 그 사실은 초등학생이 되어서야 알게 되었다. 다른 마을 사람들도 신작로를 걸어 어딘가로 가고 있었다. 등하굣길에 가끔 만나게 되는 직행버스에는 더 먼 곳에 사는 사람들이 타고 있었다. 그들은 버스에 앉아 유리창 너머로 우리를 바라보거나 긴 여행에 피곤한지 잠을 자고 있었다. 나는, 그리고 우리들은 신작로 옆에 피어 있는 코스모스의 꿀을 빨아 먹는 왕벌을 잡다가 학교에서 배운 대로 버스를 향해 손을 흔들곤 했다. 한번은 놀랍게도 답례로 손을 흔들어 주는 여자아이가 있었다. 아주 짧은 만남임에도 나의 가슴은 콩닥콩닥 뛰기 시작했다. 신작로에 멈춰 선 나는 멀어져 가는 직행버스가 시야에서 사라질 때까지 걸음을 옮기지 않았다. 저 아이는 어디에서 버스를 타고 어디로 가는 것일까, 생각하며.

사실 그때는 가난했던 시절이라 마을 사람들은 웬만한 거리는 걸어서 다녔다. 심지어 이십 리 정도 떨어진 진부장에도 걸어서 갔다가 걸어서 오는 사람들도 있었다. 마을의 버스정류장에서 놀다가 그들을 몰래 훔쳐보는 재미도 쏠쏠했다. 신작로는 산골 마을의 아이들에게는 영화관과 같은 곳이었다. 신작로는 집에서는 절대 볼 수 없는 것들이 지나가는 곳이었다. 그러니 당연히 우리들의 놀이터는 버스정류장이 되는 경우가 많았다.

어느 날 구슬치기를 하던 우리들은 아랫마을에서 걸어오는 낯선 사람을 발견했다. 그 사람은 갓을 쓰고 긴 수염을 기르고 있었다. 옷도 바지저고리에 두루마기를 걸쳤는데 전체적으로 남루한 차림새였다. 등에 주루목을 멘 그는 혼자서 중얼중얼 말을 하며 걷고 있어서 호기심은 점점 더해만 갔다. 마치 옛날이야기 속에서 불쑥 튀어나와 신작로를 걷는 것만 같았다. 그는 우리 코흘리개들이 일제히 바라보고 있는 것도 아랑곳하지 않은 채 우리가 알아들을 수 없는 무엇인가를 계속해서 중얼거리며 걸어 갔다. 그날 저녁 집에 들어가 그 사람 얘기를 하자 엄마는 누구인지 알겠다며 고개를 끄덕였다. 저 위 원복(오지 중의 오지 마을이다)이란 산골짜기에서 서당 훈장을 하던 이인데 어려서부터 한문 공부를 너무 열심히 하다가 그만 정신이 조금 이상해졌다는 것이었다. 그 사람은 걸어가면서도 사서삼경을 암송한다고 했다. 그날 밤 나는 이불 속에 누워 저 옛날에서 빠져나오지 못한 그 사람을 생각하다 잠이 들었다.

어떤 날은 신작로로 꽃상여가 지나가기도 했다. 펄럭이는 깃

발들, 상여를 지고 가는 상여꾼들, 삼베옷을 입고 곡을 하며 상여를 뒤따르는 사람들. 그리고 구슬픈 상엿소리가 피어났다. 꽃으로 치장한 상여였지만 볼 때마다 무서웠다. 가까이 다가가지 못하고 멀찌감치 떨어져서 구경을 했다. 사람이 죽으면 상여를 타고 산으로 가서 흙 속에 파묻힌다는 사실을 잊어버릴 만하면 신작로로 상여가 지나갔다. 상여가 지나간 날 밤은 늘 악몽을 꾸느라 진땀을 흘렸다.

신작로에도 어김없이 겨울이 찾아왔다. 대관령의 겨울은 길고 혹독했다. 춥고 폭설이 자주 내렸다. 온 마을이 눈으로 덮이고 그 눈이 미처 녹기도 전에 또 눈이 내렸다. 신작로도 다르지 않았다. 제설차가 가끔 지나가기는 하지만 눈 위의 눈을 밀고 갈 뿐이었다. 눈으로 단단해진 신작로에 모래만 드문드문 뿌리는 게 전부인데 그래도 자동차들은 아무렇지 않게 눈길을 달려갔다. 폭설이 그친 어느 날 우리들은 정류장에서 눈싸움을 하며 놀다가 굉음을 토해내며 신작로를 달려오는 이상한 차(스노모빌)를 발견했다. 그 차가 정확히 뭔지는 몰랐지만 재 너머 스키장에 온 서울 사람이 몰고 온 차라는 것쯤은 알고 있었다. 당시 왠지 모르지만 우리들은 스키장에 오는 사람들에 대해 좋은 감정을 갖고 있지 않았다. 그 감정이 사건을 만들었다. 우리들은 신작로를 달려오는 스노모빌을 향해 일제히 팔뚝질을 하곤 경사가 급한 비탈밭으로 도망쳤다. 그러나 이내 망했다.

스노모빌은 못 가는 곳이 없었다. 신작로를 벗어나 비탈밭 꼭대기까지 아무렇지 않게 올라왔고 우리들은 모조리 잡혔다. 그 다음 상황은 말하고 싶지 않다.

어린 시절 신작로는 아직 가 보지 못한 세상을 우리들에게 보여 준 거대한 스크린이었다.

3부

소는 가장 하기 싫은 숙제였다

영동고속도로

조용한 산골 마을에 고속도로가 생긴다는 소식은 어른들은
물론 어린 우리들에게도 엄청난 뉴스였다. 우리들은 고속도로
가 신작로와 어떻게 다른지를 놓고 설전을 벌이곤 했다. 어떤 아
이는 자동차가 총알처럼 빨리 달릴 수 있는 길이라 했고 또 어떤
아이는 길이 웬만한 산보다 높아서 붙인 이름이라고 고집했다.
마을을 동서로 가로지르는 신작로는 차가 지나가면 먼지가 풀풀
날리는 비포장도로였다. 비가 오면 웅덩이에 물이 고였고 자갈
이 차량의 바퀴에 튕겨 나가는 길이기도 했다. 게다가 겨울에 눈
이 내려 다져지면 봄이 올 때까지 녹지 않아서 자전거를 타면 미
끄러지기 일쑤였다.

우리들의 놀이터인 마을운동장에 토목 회사의 현장사무소
가 들어선 게 처음엔 조금 아쉬웠지만 운동장을 가득 메운, 처음
보는 불도저를 비롯해 각종 중장비에 이내 넋을 잃고 말았다. 그
중장비들은 우리들의 총싸움 놀이터인 딴봉산(기존 산들과 외따
로 떨어져 있어서 붙여진 이름)을 며칠 만에 평지로 만들어 버렸
다. 거기서 나온 흙은 바가지차가 퍼서 덤프트럭에 실었다. 높은
곳이 낮은 곳이 되고 낮은 곳이 높게 되는 공사가 낮 동안 쉬지
않고 이어졌다. 우리들은 방과 후나 주말이면 공사 현장으로 달

려가 그 장면들을 지켜보는 게 일이었다. 그 중 가장 흥미를 끌어당긴 것은 바로 바위산 곳곳에 구멍을 뚫고 화약을 장전한 뒤 남포를 터트리는 장면이었다. 지축을 흔드는 폭음과 함께 집채만 한 바위가 날아가는 모습은 장관 중의 장관이었다. 폭파가 끝난 다음도 중요했다. 우리들은 여기저기로 날아간 바위를 향해 다람쥐처럼 달려가 남폿줄(남포는 다이너마이트. 거기에 연결한 가느다란 구리선.)을 수거하느라 바빴다. 알록달록한 남폿줄은 고물장수가 가장 선호하는 품목이었다. 어른들은 남폿줄로 작은 망태기를 짜기도 했다. 하여튼 우리들은 사진으로만 보았던 만리장성처럼 변해 가는 고속도로를 매일 지켜볼 수 있었다. 두근거리는 마음과 함께.

마을을 관통하는 고속도로 건설은 공사가 시작되기 전부터 큰 변화를 불러일으켰다. 고속도로가 들어서는 자리에 있는 집들은 요즘처럼 큰 보상도 받지 못하고 이사를 가야만 했다. 내가 살던 골짜기도 예외는 아니어서 우리 집을 포함해 단 두 집만 남고 모두 헐렸다. 그 중엔 친척보다 더 가깝게 지내던 이웃사촌도 있었는데 결국 시멘트 공장이 있는 삼척으로 이사를 가야만 했다. 하지만 당시 어린 나는 고속도로란 것에 홀려 그런 안타까움은 제대로 인식하지 못한 채 어서 빨리 완공되기만을 기다렸다. 그리고 그 위로 어떤 풍경이 펼쳐질 것인지만 상상하느라 바빴다. 고속도로는 우리 집에서 언덕길을 백여 미터 내려가면 자리하고 있어서 마당에 앉아서도 공사 과정을 살필 수가 있었다.

영동고속도로 횡성 새말에서 강릉 구간은 내가 초등학교 4학년이던 1975년 10월에 마침내 개통되었다. 개통식에 맞춰 마을은 갑자기 분주해졌다. 동네 청소를 했고 고속도로에서 보이는 집들은 개통식 당일에는 마당에 빨래를 널지 말라는 지시도 내려왔다. 박정희 대통령이 지나가기 때문이었다. 그날 나는 집 옆 비알밭 정상에 혼자 올라가 검은 아스팔트가 깔린 고속도로로 지나가는 검은색 자가용들을 바라보며 손을 흔들었다. 대통령은 대관령 말랑(정상)의 강릉과 동해 바다가 보이는 곳에 건립한 영동고속도로 준공비로 가는 중이었다.

새롭게 만들어진 고속도로는 중앙분리대가 없는 왕복 2차선이었다. 휴게소는 소사(지금의 횡성휴게소)와 대관령휴게소 두 곳이었다. 마지막 톨게이트는 새말에만 있어 통과한 다음부턴 고속도로 진출입이 자유로웠는데 그 여파로 밤이면 가끔 오토바이들이 굉음을 내며 달렸다. 휴가철이나 명절에 차가 막히면 유턴도 가능했다. 도로 양쪽에 철조망을 설치해 사람들이 함부로 접근하지 못하게 막았는데 몇 년 후 사라져 버렸다. 어린 우리들은 학교에서 돌아올 때면 고속도로 옆으로 걸으며 도시 사람들이 버린 물건들을 한동안 주웠는데 가장 인기가 좋은 것은 껌 종이였다. 껌 종이 따먹기 놀이가 유행이던 시절이었다. 언젠가는 우리 집 소가 뛰나서(도망쳐서) 고속도로에 올라가 길을 막은 적도 있었다. 양방향의 차들이 오도 가도 못하고 빵빵거리고 있을 때 고속도로에 올라가 소를 끌고 내려왔는데 대단히 창피했었다. 기억을 더듬어 보니 그 시절 차를 타고 고속도로를 지나가던 사람들은 왠지 나와는 다른 세계의 사람들인 것 같았다. 그 사람들이 부러웠다. 한번은 소에게 풀을 먹이고 있는데 여름 휴가철 꽉 막힌 고속도로에 갇혀 있던 관광버스에서 아주머니들 몇이 우산을 들고 내렸다. 그녀들은 주변을 두리번거리다 우산을 펴고 쪼그려 앉아 볼일을 보았다. 그런데 우산은 고속도로 쪽으로 펼쳐졌고 아무것으로도 가리지 않은 엉덩이는 나와 소를 향해 있었다. 내가 소에게 풀을 먹이고 있는 걸 봤음에도 불구하고. 나는 얼굴이 화끈 달아올라 급히 고개를 돌렸다. 고속도로가 생긴 뒤부터 나는 늘 차를 타고 있는 사람들이 볼까 봐 돌아서서 소변을 보았는데…….

지금 고향집 앞의 영동고속도로는 그때보다 더 높아지고 넓어졌다. 뛰난 소가 올라가지도 않고 껌 종이를 줍는 아이들도 없다. 우산을 펼치고 볼일을 보는 사람들도 당연히 없다. 그저 쌩쌩 지나갈 뿐이다. 목적지만을 향해. 그리고 나 역시 집 마당에 앉아 고속도로를 지나가는 사람들을 바라보지 않는다. 아니, 보려 해도 보이지가 않는다.

운탄고도

석탄을 나르던 길이 있었다.

강원도의 남쪽에 자리한 영월, 정선, 태백, 삼척은 우리나라의 대표적인 탄광 지역이었다. 그러나 1980년대 후반 석탄산업 합리화법이 시행되면서 150여 개의 크고 작은 탄광들은 하나둘 문을 닫기 시작했다. 광산 골짜기에 살던 사람들도 새 직장을 찾아 탄광촌을 떠나갔다. 탄광이 문을 닫은 탄광촌은 거의 소멸 위기에 처한 게 지금의 현실이다. 한 시절 먹고 살기 위해 전국에서 수많은 사람들이 가족을 이끌고 광산으로 몰려들었던 걸 생각하면 마치 어느 시절이 꿈인지 헛갈릴 정도다. 아니, 두 시절다 당연히 꿈이 아니다. 두 시절 모두 잔인한 현실의 풍경인 것이다.

같은 강원도에 살면서도 광산촌의 존재를 처음 알게 된 것은 중학생이 된 뒤 텔레비전을 통해서였다. 갱도가 무너지는 사고를 알려 주는 아홉 시 뉴스가 그것이었다. 갱 입구에서 번쩍거리는 불빛, 울고 있는 가족들 모습, 막장이라는 곳, 구급차, 그리고 갱도 입구에 페인트로 써 놓은 글귀.

아빠, 오늘도 무사히!

뉴스로만 접했던 광산촌을 처음 방문한 곳은 정선 사북이었다. '사북사태'라고 불리던 사건(사북민주화운동)이 벌어진 다음 해였다. 외사촌누나의 남편이 농사를 짓다가 탄광 일을 하기 위해 바로 그 사북으로 이사했기 때문이었다. 당연히 사북은 가 보고 싶은 곳이었다. 소문으로만 듣던, 텔레비전 뉴스로만 보았던 곳을 직접 찾아가는 길은 멀고 또 멀었다. 같은 강원도임에도 충북 제천을 경유해야만 갈 수 있는 곳이었다. 검은 골짜기, 검은 물, 검은 길, 검은 꽃. 평지는 지극히 좁았기에 사람들은 산비탈에 다닥다닥 붙은 집들에서 살았고 그 뒤편 나무 하나 보이지 않는 산자락에 탄광이 검은 성처럼 버티고 있었다. 집주인은 더 많은 세입자를 받아들이기 위해 합판으로 방을 막아 두 가구를 들였는데 당연히 옆집에서 방귀 뀌는 소리까지 들릴 정도였다. 그리고 마을 한쪽의 공동 화장실. 아침이면 사람들이 줄을 서서 발을 동동 구르며 자신의 차례를 기다리는 곳이 내가 본 사북이었다. 하지만 열악한 주거 여건과는 달리 활기가 넘치는 곳이기도 했다. 석탄산업의 호황 때문이었다. 막장에 들어가 탄을 캐는 일이 고되고 위험했지만 대신 고수입을 보장해 주었기에 다들 표정이 밝아 보였다. 탄광촌은 교육 열기 또한 대단히 높았다. 고등학생이 되면 자식들을 강릉, 원주, 심지어는 멀리 떨어진 춘천까지 유학 보내는 걸 마다하는 부모가 없었다. 대학 역시 마찬가지였다. 그들은 자신들의 자식들이 대를 이어 광부가 되는 것을 결코 바라지 않았던 것이다.

운탄고도(運炭高道)는 광산이 호황을 누리던 시절 갱도에서 파낸 석탄을 운반했던 길이다. 초창기의 갱들은 산 위에 자리한 경우가 많았다. 그 석탄을 실은 트럭들이 다녔던 길이다. 그 길은 산 위에서 농사를 짓던 화전민들이 다니던 길이기도 했다. 남편은 광부가 되어 땅속에 들어가 탄을 캐고 아내는 산자락에서 농사를 지었다. 산중턱, 해발 천 미터가 넘는 고갯마루에 자리한 마을에도 초등학교가 있었다. 중학생이 되면 산 아래의 학교를 걸어서 다녔다. 운탄고도는 그들의 땀과 눈물, 웃음과 꿈이 배어 있는 길이었다. 길고 먼 운탄고도의 어느 산중턱 마을(망경대산 모운동. 한창때는 인구가 만 명이 넘었다고 한다.)엔 영화관까지 있었다. 그 영화관에선 최신작들이 상영되었는데 산 아래 사는 도시 사람들이 영화를 보려고 마이크로버스를 타고 일부러 찾아올 정도였다.

그들이 떠나간 자리에 새롭게 조성한 운탄고도는 모두 아홉 개의 길로 나눠진다. 단종의 유배지인 영월 청령포에서 시작해 예밀리, 모운동(구 옥동광업소), 예미, 함백역, 새비재, 두위봉, 화절령, 도롱이연못(동원탄좌), 1177갱, 백운산(삼척탄좌), 우리나라에서 차를 타고 갈 수 있는 가장 높은 고개인 만항재(해발 1330m), 함백산, 상장동 벽화마을(옛 함태탄광 사택촌), 황지연못, 통리(경동탄광, 한보탄광) 인클라인철도, 미인폭포, 추추파크, 영화 〈지금 만나러 갑니다〉의 심포리역, 스위치백철도, 도계(석탄공사) 삭도마을과 유리마을, 고사리역, 〈손현주의 간이역〉

촬영지인 신기역, 오십천의 수많은 다리들을 건너고 건너 삼척 새천년도로 소망의 탑까지 이어진 길이다. 이제 이 길은 옛날처럼 석탄가루가 범벅인 검은 길이 아니다. 탄광촌의 기억을 품은, 보기 드물게 아름다운 길로 변모했다.

운탄고도는 광산촌 사람들의 높고 애틋한 사랑이 바다에 다다르는 길이다.

원주, 흰구름아파트

초여름 저녁 도시의 변두리에 자리한, 지은 지 삼십 년도 넘은 아파트에도 어김없이 휴식의 시간이 찾아온다. 유월의 초입임에도 30도를 넘나드는 날씨다 보니 일터에서 일을 마치고 돌아오는 사람들의 얼굴이 하나같이 붉게 상기돼 있다. 고된 하루였지만 그래도 돌아갈 집과 반겨 주는 가족이 있다는 것이 얼마나 넉넉한 위안인지를 이곳에 사는 사람들의 얼굴을 보며 깨달았으니 나도 참 세상 모르고 살았다는 것을 비로소 알게 되었다. 하여 풀리지 않는 소설 쓰기를 멈추고 저녁을 대충 때운 뒤 아파트 주변을 어슬렁어슬렁 걷는다.

이 아파트의 구조는 단순하다. 작은방 하나와 큰방 하나, 그리고 주방과 화장실이 전부다. 그렇기에 도시의 귀퉁이에 자리하고 있어도 이사를 가고 이사를 오는 일이 거의 매일의 풍경이었다. 거의 매일 이삿짐 트럭이 작업을 해야 하니 주차한 차를 이동해 달라는 전화가 일상이 될 정도였다. 마치 영세민들의 터미널 같은 아파트라고 보면 될 것이다. 없는 돈으로 급하게 이사와 일을 하고 더 나은 집으로 가기 위한 꿈을 키우는 사람들이 사는 곳. 직장 때문에 홀로 이사 와 사는 사람들. 현역에서 은퇴하고 마지막 여생을 보내는 사람들. 먼 이국에서 한국으로 돈 벌러 찾아온 남자들이 한데 모여 사는 곳. 나이 든 아들과 노모가 함께 사는 곳…… 이 아파트가 영세민들의 터미널 같은 곳으로 자리 잡은 이유는 짐작하다시피 도시의 다른 아파트보다 전세금이 저렴하기 때문이다. 더 좁혀 보면 집주인이 은행 대출을 받아 구입했기에 임차인들은 경제적으로 큰 부담 없는 전세금을 주고 살 수 있다. 그렇지 않은 곳이면 지금의 전세금보다 몇 배나 더 많은 돈을 부담해야 되기에 돈이 없는 영세민들에겐 그야말로 꿈의 아파트인 셈이다. 집주인이 대출을 안고 있어 위험 부담이 있고 도심에서 멀리 떨어져 있어 불편한 점이 한두 가지가 아니지만 그래도 가난한 소설가가 살기에도 적당한 공간이다. 도시에서 발붙이고 살려면 그만한 것쯤은 감수해야 된다고 몰래 위로하며 다들 살아간다는 것은 묻지 않아도 알 수 있고.

철쭉이 지고 아카시아꽃이 피어나는 초여름 저녁의 풍경이 펼쳐지는 아파트 단지는 아름답다. 나른하기까지 하다. 경비원 아저씨가 종이 박스를 정리하고 운동을 하는 한 남자는 부지런히 걷고 있다. 노인정에선 할머니들의 목소리가 흘러나오고 일층 베란다 밖 목련나무가 있는 집에선 벌써 코 고는 소리가 피어난다. 모래가 깔린 놀이터에선 엄마와 어린 딸이 그네를 타고 있는데 엄마는 휴대폰으로 가사를 검색해 노래를 부르고 있다. 동쪽 나무 의자에선 외국인 근로자들이 낯선 이국어로 대화를 나눈다. 후미진 담벼락 뒤에 숨어서 담배를 피우는 여고생. 슈퍼

옆 처마 아래에 앉아 안주 없이 소주를 병째 들이켜는 아저씨는
많이 봐서 이젠 낯이 익다. 아파트 뒤편 군부대에서 들려오는 군
가는 내 귀에도 익숙한 그것이다. 근처 농공 단지에서 일을 마
치고 걸어서 퇴근하는 장애인들의 목소리가 밝아서 미소를 짓
는다. 저녁에 출근을 하는 듯한 잘 차려입은 아가씨 옆을 지나
갈 땐 나도 모르게 얼굴이 화끈 달아오른다. 몸이 불편한 할머니
는 보행기에 의지해 아주 천천히 걸음을 옮긴다. 튀긴 닭을 들고
귀가하는 아저씨에겐 술 냄새와 닭 냄새가 골고루 배어 있다. 가
정의 달인 지난 오월엔 아파트 주민들이 한데 모여 뒷마당에서
함께 점심을 먹으며 경로잔치를 열기도 했다. 나도 거기에 끼어
육개장을 얻어먹었다.

며칠 전 새벽엔 어느 집에서 심하게 부부싸움을 했다. 소설
을 쓰다 베란다로 나가 담배를 피우며(피우면 안 되는데……) 그
소리를 들었는데 새벽을 가르며 울부짖던 여자의 말이 아직 잊
히지 않는다.

"그럼 돈 벌어 와—!"

아파트의 우편함에 집주인이 기일 내에 이자를 갚지 않으면
경매에 넘기겠다는 은행의 통지서가 줄줄이 꽂혀 있었던 다음
날이었다. 나는 정치며 경제를 잘 모른다. 하지만 이것 하나는
안다. 당신들은 흰구름아파트에 사는 사람들을 길바닥으로 내쫓
으면 안 된다.

일소 1

소가 있었다.

소가 사는 곳을 우리는 마구, 마구간이라 불렀다. 아마 옛날에는 말이나 나귀도 함께 살았던 모양이다. 외양간이라고도 한다. 마구는 보통 집과 붙어 있거나 정지와 가까운 곳에 자리하고 있었다. 그럼 소의 방인 마구에는 무엇이 있고 어떤 형태를 하고 있을까.

가장 먼저 눈에 들어오는 것은 여물이나 꼴을 넣어 주는, 소의 밥그릇인 구성(구유)이다. 우리 집 구성은 아름드리 통나무의 안쪽을 파서 만들었는데 마구의 한쪽 면을 다 차지할 정도로 길고 컸다. 덩치 큰 소 네 마리가 동시에 사용할 수 있을 정도였다. 사람의 밥그릇과 비교하자면 아마 백여 명도 먹고 남을 양의 밥과 국, 반찬을 담을 수 있을 정도였다. 소가 워낙 대식가이니 말이다. 간혹 어떤 소는 밥을 빨리 주지 않는다고 구성에 앞다리를 올려놓고 울기도 했는데 그때마다 엄마와 아버지는 싸리 빗자루를 들고 달려가 소머리를 후려치곤 했다. 소의 덩치나 무게 때문에 발굽에 구성이 망가지면 큰일이었다. 그래서 언제나 고삐를 바치(바짝) 당겨 매어 놓는데 어린 우리들은 그게 안쓰러워 길게 매었다가 벌어지는 일이었다. 구성에 금이 가거나 깨어지면 당연히 물이 새기에 어쩔 수 없이 다음부턴 바치 묶어야만 했다. 그 큰 소 밥그릇을 다시 만드는 건 쉬운 일이 아니니까.

사실 소의 방인 마구에는 구성 외에는 눈에 띄는 특별한 장식이 없다. 마구는 보통 문이 두 개다. 소들이 들어가고 나가는 문, 그리고 먹을 것을 주기 위한 구성과 연결된 문. 그런데 소는 서서 여물을 먹기 때문에 구성이 문의 중간 조금 아래에 위치하고 있어 그 문으론 사람이나 소가 드나들 수가 없다. 덩치가 작은 개나 닭, 쥐야 가능하지만. 구성이 있는 문 상단에는 고삐를 묶을 수 있게 팔뚝 굵기의 장대를 가로질러 놓았다. 소의 코뚜레와 연결된 고삐를 구성에 뚫려 있는 구멍으로 빼서 장대에 묶어야만 저지레 치는 것을 방지할 수 있었다. 대관령의 추운 겨울밤이 찾아오면 두 개의 나무문을 모두 닫아 준다. 마구에는 전등조차 없어 캄캄한 밤이면 소는 구성 앞에 앉아 저녁에 먹은 여물을 되새기다가 잠이 들 것이다.

마구의 벽에는 사람이 사는 방처럼 벽지를 바르지는 않지만 대신 거친 송판을 붙이기도 한다. 소의 힘으로부터 벽을 보호하자는 뜻도 있지만 가려울 땐 옆구리를 긁을 수도 있고 겨울엔 보온의 역할도 한다. 마구 바닥엔 사람의 방처럼 장판을 까는 게 아니라 풀가리에서 풀이나 솔가리(마른 솔잎)를 몇 삼태기 담아 와 깔아 준다. 소는 그 풀을 깔고 앉아 잠을 자고, 네 개의 발로 풀을 밟고, 풀 위에 똥과 오줌을 눈다. 그러면 마구 바닥의 풀은 점점 두껍고 딱딱해지는데 어느 시기가 되면 청소를 해 줘야 한다. 그걸 마구 친다고 말하는데 힘이 어마어마하게 들뿐더러 온 집 안에 소똥 냄새가 진동하는 날이다. 소의 배설물과 뒤섞인 풀은 거름테미(두엄자리)로 옮겨졌다가 봄이 되면 밭으로 나갔다. 그러고 보니 스스로 제 방 청소를 하는 소를 한 번도 본 적이 없다. 하긴 소만 그렇겠는가. 개, 닭, 돼지도 마찬가지였다. 사람이 필요에 의해 가축으로 길들였으니 당연히 해야 할 일이었지만 조금씩 나이가 들어 가면서 가끔 그 일이 내게로 돌아왔을 땐 여간 힘들고 성가신 게 아니었다. 그때마다 나는 떡이 된 소똥을 치며 이렇게 투덜거렸다.

"참 오지게 많이 먹고 오지게 많이 쌌다!"

겨울엔 추위를 피해 닭들도 마구에 세 들어 살았다. 마구 뒤편 벽 상단에 장대로 시렁을 설치해 놓으면 밖에서 놀던 닭들은 저녁 모이를 먹은 뒤 날개를 퍼덕여 그곳으로 올라가 잠들었다. 한 번에 올라가지 못하는 닭들은 먼저 소의 등에 올라가 서성이다가 이어서 시렁을 향해 날개를 퍼덕거렸다. 소는 겨울날 마구의 다락방 같은 시렁에서 잠을 청하는 닭들과의 동거를 싫어하지 않았다. 깊고 깊은 겨울밤 오히려 적적하지 않아서 반겼던 것 같다. 닭들이 잠자는 시렁 아래에는 소가 눈 오줌이 밖으로 나갈 수 있게 만든 작은 구멍이 있었다. 마구 밖에 만들어 놓은 확에는 늘 오줌이 고여 있었는데 오지랑물(쇠지랑물)이라 불렀다. 오지랑물도 거름으로 쓰였으니 소는 참 훌륭한 가축 중의 가축이요, 어린 내 입장에서 보면 상전(上典) 중의 상전이었다.

마구 밖에도 소와 관련된 것들이 꽤 있다. 헛간에는 소가 밭을 갈 때 쓰는 쟁기가 있는데 소의 목뼈 부분에 멍에를 걸어서 사용한다. 소가 하는 일 중에서 가장 큰 일이 바로 밭을 가는 것이다. 농가에서 소를 기르는 이유도 그것 때문이다. 경운기며 트랙터도 없는 세상에서 소는 가장 힘이 센 일꾼이었다. 소 한 마리가 장정 다섯 명의 일을 하니 그 위세가 이만저만이 아니었다. 소가 없으면 사람이 소가 되어 쟁기를 끌어 밭을 갈아야 하기 때문이다. 벅(부엌)에 가면 사람이 먹을 밥은 자그마한 솥에다 짓지만 소가 먹을 여물은 커다란 가마솥에다가 끓였다. 여물은 말려서 작두로 썬 짚이나 옥수수 대궁, 콩깍지 등등을 끓여서 만드는데 겨울 저녁 버강지(아궁이) 앞에 앉아 불을 때고 있으면 구수한 냄새가 진동을 했다. 마구의 소는 그 냄새를 맡고 구성 밖으로 머리를 내민 채 길게 울고. 우리 집은 항상 소에게 먼저 여물을 퍼 주고 나서야 식구들이 둘러앉아 저녁을 먹었으니 어린 내가 볼 땐 소가 틀림없이 상전이었다.

마구 근처에는 깍짓가리(여물간)가 있었다. 그 앞에는 늘 작두가 놓여 있고. 중학생이 되면서부터 일주일에 한 번쯤은 방에서 텔레비전을 보다 불려 나가 아버지와 함께 작두로 깍지를 썰어야 했다. 근데 왜 아버지가 깍지를 썰 때는 꼭 재미있는 프로가 방영될 때와 맞아떨어지는 것인지 알 수가 없었다. 아버지와 나는 번갈아 가며 작두를 밟아 일주일 치 정도의 소여물을 썰었는데 일을 마치고 들어가면 이미 내가 보던 프로는 끝이 난 뒤였다. 나는 다시 투덜거릴 수밖에 없었다.

"저놈의 소새끼 때문에 테레비도 마음껏 못 보다니!"

울타리 안 마당 귀퉁이나 울타리 밖 텃밭 근처에는 소마장이 있었다. 소의 야외 별장이라고 보면 된다. 겨울철 마구에만 있으면 답답할까 봐 만들어 놓은 곳인데 소마장 가운데에는 말뚝을 박아 놓아 거기에다 고삐를 묶었다. 마구를 칠 때도 소마장에 소를 묶었는데 눈이 많이 내린 겨울날엔 거기의 눈도 쳐야 했다. 보통 낮에는 소마장에 소를 묶어 놓았다가 밤이면 마구로 들였는데 무더운 여름에는 그냥 소마장에다 소를 재우는 때도 많았다.

어린 시절 일이 바쁜 아버지는 가끔 내게 마구에 소를 들여

매라는 심부름을 시켰는데 이 일 역시 하기 싫은 것 중에 하나였다. 심성이 순한 소도 있지만 그렇지 않은 소도 많았다. 더군다나 소는 어린아이를 얕보기도 했다. 나 역시 소가 무서웠다. 그 큰 덩치며 이마의 뿔이 어찌 무섭지 않겠는가. 더군다나 소의 고삐에는 소똥이 덕지덕지 묻어 있었다. 아버지가 말뚝에 단단하게 묶어 놓은 고삐를 푸는 일도 쉽지 않았다. 저녁인지라 소는 빨리 마구에 들어가 여물을 먹고 싶어 했고 나는 말뚝에 묶인 밧줄과 씨름하며 혹시 소가 뿔로 들이박지 않을까 계속해서 돌아다보아야 했다. 소를 끌 때는 말 그대로 소의 앞에서 고삐를 잡고 가야 하는데 무서움을 이기지 못하고 옆으로 물러나면 결국 힘센 소한테 끌려갈 수밖에 없었다. 코뚜레와 연결된 고삐를 아무리 당겨도 소용없었다. 결국 몇 걸음 끌려가지도 못하고 내동댕이쳐질 뿐이었다.

나는 소똥이 널려 있는 소마장에 쓰러져 눈물만 흘렸다. 눈물을 훌쩍거리며 마구에 가면 소는 무슨 일이 있었냐는 듯 커다란 눈망울을 굴리며 나를 바라볼 뿐이었다. 지겟작대기를 휘둘러 보았지만 묶여 있지 않은 소가 순순히 매를 맞을 일도 없었다. 일이 거기서 끝난 것도 아니었다. 소가 뛰쳐나오지 못하도록 마구문을 닫아 밖에서 걸고 어떻게 해서든 소의 고삐를 잡아 장대에 묶으려고 용을 써야만 했다. 내게 있어 소는 어린 시절 가장 하기 싫은 숙제였다.

일소 2

집에서 소를 기르면 감당해야 할 일이 한두 가지가 아니다.

농가에서 기르는 소는 거의 일소(일하는 소)다. 젖소나 육우는 드물었다. 그런 소들은 목장에서 대규모로 사육했는데 어린 시절 막 생겨난 대관령의 목장들에서나 볼 수 있었다. 농가에서 소를 키우는 일차 목적은 일 잘하는 소를 키우는 것이었다. 그목적에서 탈락하면 거의 대부분 소장수에게 팔아 버렸다. 그럴 수밖에 없었다. 엄청난 식욕을 자랑하는 소를 감당할 수 없기 때문에. 가장 먼저 수소, 수송아지가 마구를 떠나고 그다음엔 암송아지, 암소였다. 소값은 다른 가축들에 비해 월등히 높았기에 소를 판 돈은 집안의 목돈 노릇을 톡톡히 했다. 하여튼 농가의 마구간에 마지막으로 남는 소는 언제나 일하는 암소였다.

마구간의 암소도 생명을 지닌 존재인지라 언제까지 살 수는 없었다. 또 나이 들면 소 역시 힘이 떨어지기에 더 이상 밭을 갈 수 없어지면 새 일소를 찾아야만 하는 게 마구간의 현실이었다. 자, 그럼 시골 농가의 마구간에서 어떤 흥미진진한 일들이 벌어지는지, 소똥 냄새가 진동하겠지만 조금 더 들어가 보자. 소들의 일생에 대한 이야긴데 지금은 이 땅의 농가에서 거의 대부분 사라진 이야기들이기도 하다.

일소인 암소는 농사철에 쟁기를 끌고 밭을 가는 게 가장 큰 일이지만 그게 끝나면 사실 거의 놀고먹는다고 볼 수 있다. 일 년 내내 밭을 갈지는 않기 때문이다. 그런 암소에게도 발정기가 찾아온다. 아버지와 엄마는 매일 소에게 여물을 주며 상태를 살피기 때문에 소가 말을 하지 않아도 하루 이틀 지속되는 소의 발정을 단박에 알아차린다. 지금은 인공수정사가 있어 쉽게 수정을 시키지만 옛날에는 그렇지 않았다. 수소를 직접 집으로 끌고 와야만 했다. 교미를 시키기 위한 수소는 마을에 있을 수도 있지만 그렇지 않은 경우에는 다른 마을에 가서 데려와야만 했다. 그런데 보통 수소는 성질이 사나워서 부리기가 쉽지 않았다. 더군다나 교미를 시키는 건 더 힘든 일이었다. 암소가 수소의 거친 행동을 거부할 수도 있기에 아버지는 만일을 대비해 소를 키우는 동네 남자들에게도 도움을 청했다. 그 일도 품앗이였다. 소마장에서 벌어지는 덩치 큰 소들의 교미를 지켜보는 건 조마조마한 일이었다. 더불어 묘한 기분에 휩싸이기도 했다. 침을 흘리는 수소는 암소의 등에 올라타려 하고, 암소는 자꾸만 돌아서고, 어른들은 고삐를 잡고 그 둘레를 빙빙 돌고…… 우리 집 암소가 왠지 불쌍해 보였지만 말릴 수도 없었다. 그것은 어른들의 일이었고 그렇게 교미가 끝나고 임신을 한 뒤 송아지가 태어나면 큰 재산이 되었으므로.

암소는 임신한 뒤 보통 270~290일이 지나면 송아지를 낳았다. 출산일이 가까워지면 역시 부모님은 소를 유심히 살폈다. 소는 혼자서도 새끼를 낳지만 혹시 모를 만약의 일을 대비해 늘 지켜봐야만 했다. 어느 여름날 부모님은 다른 집에 일을 가고 나 홀로 집에서 텔레비전을 보고 있었는데 왠지 이상한 기분이 들어 소마장에 나가 보니 아니나 다를까 소가 새끼를 낳고 있었다. 내 가슴은 쿵덕쿵덕 뛰고 있었지만 정작 무엇을 해야 될지 아무것도 알 수 없었다. 그저 바라보는 수밖에. 소는 서서 새끼를 낳았다. 아무렇지 않게 탯줄을 먹어 치웠다. 혀로 송아지를 핥아 주었다. 소나기에 쫄딱 젖은 듯한 송아지는 소마장에 앉아 눈만 말똥거렸고. 그동안 갓 태어난 송아지를 본 적은 많았지만 송아지가 태어나는 장면을 본 것은 그때가 처음이었다. 그 모습은 한마디로 경이로웠다. 어미 소가 대견해 마구 옆에 세워 놓은 지게의 바소구리에서 꼴을 한 아름 안아서 가져왔는데, 오, 송아지가 자리에서 일어나려고 비틀거리고 있었다.

비틀거리다가 주저앉고, 다시 비틀거리며 일어나 몇 걸음 걷다가 주저앉고, 태어난 지 얼마 지나지 않았는데 이윽고 한 걸음 두 걸음 걷는 송아지를 보는 건 두 번째 경이로움이었다. 어미 소와 송아지 모두 한없이 위대해 보였다.

어린 송아지의 재롱을 보는 일은 무척 즐거웠다. 호기심이 많은 송아지는 수시로 마구에서 나와 마당을 기웃거렸다. 닭장을 살피고 개에게 다가가기도 하며 내가 꼴을 내밀어 유혹하면 조심스럽게 다가왔다가 급하게 도망쳤다. 어미 소는 송아지가 오래 눈에 보이지 않으면 길게 울며 송아지를 찾았다. 그러거나 말거나 송아지는 마당 탐험을 멈추지 않았다. 암탉들이 꼬꼬댁거리며 도망가고 수탉은 못마땅하다는 듯 송아지를 노려보았다. 든내놓고(풀어놓고) 키우는 강아지라도 있으면 둘의 장난질이 한층 더 재밌어졌다. 짖고, 뛰고, 도망치고, 되돌아서고…….

하지만 송아지의 봄날은 오래 지속되지 않았다. 조금 더 크면 부리기 쉽도록 머리와 목에 굴레를 매어야 하기 때문이다. 그것뿐인가. 부모님은 송아지를 계속 길러야 될지 팔아야 될지를 결정해야만 한다. 수송아지는 거의 팔게 되지만 암송아지는 셈법이 조금 복잡해진다. 어미 소의 나이를 헤아려 일소로 키울 것인지, 아니면 지금 송아지 값이 좋으니 팔고 다음 송아지를 기약할 것인지…… 문제는 그다음이다. 가축들 중 아마 소가 가장 새끼를 아끼는 동물일 것이다. 송아지를 팔면 어미 소는 거의 사흘을 꼬박 채워서 운다. 밤낮을 가리지 않고서. 먹이를 줄 때만 겨우 울음을 멈췄다가 다 먹으면 다시 운다. 너무 울어 목이 쉴 때까지. 그 슬픈 울음을 듣고 있노라면 나 역시 가슴이 먹먹해질 정도였다. 한밤중에 마구로 나가 울고 있는 소의 이마를 쓰다듬으며 이제 그만 울라고 타일렀지만 아무 소용이 없었다. 어미 소는 밤을 새워 울겠다는 눈빛이었다.

어미 곁을 떠나는 아픔을 겪지 않은 송아지도 때가 되면 코를 뚫어야 한다. 목장에서 자라지 않는 소의 운명 중 하나가 코뚜레를 해야 한다는 것이다. 자랄수록 소의 힘이 점점 세지기에 굴레에 맨 고삐만으로는 부릴 수가 없기 때문이다. 코를 뚫는 일도 혼자서는 하지 못하고 역시 마을의 어른들 서넛이 달라붙어야 가능했다. 마구의 구성 앞에서 소의 목과 네 다리를 밧줄로 묶어 움직이지 못하게 한 뒤 미리 준비한 코뚜레의 날카로운 한쪽으로 코청을 뚫어야만 했으니…… 소의 두 콧구멍 사이를 막고 있는 코청은 신체 부위 중 가장 약하고 아픔에 민감해서 거기에 구멍을 뚫고 코뚜레를 끼우는 것이었다. 농가에서 자라는 소들이 결코 피해 갈 수 없는 마지막 관문이 바로 코 뚫기였다. 인간이 장식을 위해 코를 뚫는다면 소는 인간의 일을 하기 위해 코를 뚫리고 코뚜레를 걸어야 한다. 그게 태어나 몇 년 살지도 못하고 도축장에서 소고기로 변하는 소보다 행복한 일생일까…….

겨울이 되면 아버지는 소를 눈 덮인 밭으로 데려가 밭 가는 법을 가르쳤다. 소의 목에 멍에를 걸고 쟁기를 연결해 집 옆 눈밭을 왔다 갔다 하면서 소 모는 소리를 외쳤다. 이랴! 워! 올라서! 내려서! 워워! 이놈의 소새끼! 처음 쟁기질을 해 보는 소는 당연히 서툴게 눈밭을 삐뚤빼뚤 걸어갔다. 쌓인 눈 위를 가는 것이니 힘은 들지 않겠지만 그래도 재미있지는 않을 것이다. 마구로 돌아가 쉬고 싶은 생각이 굴뚝같겠지만 그럴 수도 없었다. 코뚜레와 굴레에 연결된 고삐가 아버지의 손에 쥐어져 있으니. 소와 아버지는 그렇게 한 몸이 되어 백지 같은 밭 위에다 길고 긴 이야기를 써 나갔다. 친구 집에 놀러 갔다가 집으로 돌아온 나는 그 이야기가 궁금해 눈밭으로 들어가 소와 아버지가 걸어간 길을 가만히 따라가 보았다.

이제 우리 집 마구에는 소가 살지 않는다. 구성에는 잡동사니만 가득하다. 폭설이 내리는 대관령의 겨울밤 나는 이제 더 이상 소의 깊고 그윽한 숨소리를 들을 수 없다.

가끔 고향집에 가면 마구의 문을 열고 안을 들여다본다. 지금까지 이 마구에서 몇 마리의 소가 살다가 떠나갔을까. 당연히 꽤 많은 소들이 살았겠지만 나는 왠지 그 소들이 모두 한 마리의 소로 느껴진다. 그 소의 크고 맑은 눈을 떠올린다.

장작난로와 도시락

십이월이 시작되고 추위가 밀려오자 마침내 교실 한가운데에 둥근 무쇠난로가 자리를 잡았다. 우리들은 함성으로 난로를 반겼다. 난로가 들어서면 자리 배치도 다시 했다. 난로 앞과 옆 그중에서도 바로 뒤가 가장 명당 자리였다. 등이나 옆구리보다 앞이 따스하고 또 난로와 연통이 가려 주기 때문에 수업 시간에 잠깐씩 졸 수도 있기 때문이다. 난로에서 장작이 타고 있으면 교실 분위기는 당연히 훈훈해졌다. 유리창 밖에는 찬바람이 불고 눈보라가 휘몰아쳐도 우리들이 앉아 공부를 하는 교실은 천국이나 다름없었다.

다른 학교는 어땠는지 모르겠지만 내가 다닌 초등학교는 졸업할 때까지 난로의 땔감이 장작이었다. 어느 해 하루 오후는 전교생이 학교 근처의 야산으로 가서 솔방울을 줍기도 했다. 솔방울은 불쏘시개로 사용하기에 딱 맞았다. 어린 우리들은 비료포대를 들고 산비알(산비탈)을 오르내리며 솔방울을 채취했는데 공부보다 당연히 재미있는 일이었다. 또 어느 해에는 학교에 갈 때 장작 몇 개씩을 가져가야 했다. 등에는 책가방을 메고 손에는 새끼줄로 묶은 장작을 들고 등교하던 기억이 아직도 남아 있다.

교실의 난로에 누가 불을 피웠는지는 잘 기억나지 않는다. 학교아저씨(소사라고 불렀던)가 모든 교실의 난로를 피울 수는 없었을 것이다. 그렇다면 아마 주번이나 난로 당번이 피웠을 것이다. 아니면 담임 선생님일 수도 있고. 하여튼 1교시는 모든 교실에서 난로를 피우느라 수선스러웠다. 창문 밖 연통들에선 연기가 폭폭 빠져나왔고 가끔은 교실에도 매운 연기가 가득 차서 환기를 시키느라 바빴다. 불이 붙고 열기가 퍼질 때까지 우리들은 책상 앞 의자에 앉아 곱은 손으로 책장을 넘기고 공책에 필기를 했다. 샛바람이 부는 날이면 연통으로 빠져나가던 연기가 갑자기 방향을 바꿨는데 그때마다 난로는 기침을 하듯 쿨럭쿨럭 교실 안으로 연기를 토해냈다. 그러면 수업이 중단될 수밖에 없었는데 그걸 은근히 기다리던 친구들도 많았다. 그 친구들은 장작난로에서 연기가 조금이라도 나오면 마치 기다렸다는 듯이 과장되게 기침을 하느라 바빴다.

교실의 난로는 많은 역할을 담당하지만 그 가운데 백미는 도시락을 데울 수 있다는 것이었다. 난로가 없을 때는 점심시간에 차가운 밥과 반찬을 먹어야 했는데 이젠 그럴 필요가 없었다. 4교시가 시작되기 무섭게 아이들은 책가방이나 서랍에서 도시락을 꺼내 난로 위에 올려놓기 시작했다. 도시락을 일본어인 벤또라고 부르던 시절이었다. 각양각색으로 생긴 서른여 개의 도시락들이 세 칸으로 나뉘어 난로 위에 쌓였는데 지금의 아파트 단지와 모양이 비슷했다. 4교시 수업 사이사이 도시락 당번은 목장갑을 끼고 난로 위의 도시락 위치를 바꿨다. 아래의 도시락은 위로 올라가고 위의 도시락은 아래로 내려오는 순으로. 그래야만 모든 도시락이 골고루 적당하게 데워졌다. 가장 좋은 위치는 아래에서 세 번째쯤이었는데 아이들은 도시락 당번이 난로 옆으로 나갈 때마다 눈에 불을 켜고 자신의 도시락이 어디에 자리를 잡는지 살피느라 수업은 아예 딴전이었다.

내가 도시락 당번이 된 겨울도 있었다. 물론 나는 그 어느 도시락 당번보다 공정하게 도시락을 난로 위에 배치할 자신이 있었고 또 그렇게 했다. 하지만 그 신념은 그리 오래가지 않았다. 그 까닭은 바로 학교 근처에서 가겟집을 하는 같은 반 친구 녀석 때문이었다. 녀석은 가겟집 아들답게 학교에 올 때마다 늘 가방에 맛있는 과자를 넣어 가지고 왔고 그 과자로 마음에 드는 여자아이들의 환심을 샀다. 내가 가진 용돈으로는 꿈도 꿀 수 없는 일이었다. 고작 과자에 넘어가는 여자아이들도 야속했지만 단지 가겟집 아들이라는 이유로 마음껏 과자를 가지고 다니는 녀석은 더더욱 미웠다. 나는 결국 도시락 당번의 신념을 깨 버리고 도시락에다 소심한 복수를 시도했다. 난로 위 도시락의 층을 바꿀 때마다 녀석의 도시락은 가장 아래 아니면 가장 위에다 놓았다. 밥이 타서 눌어붙거나 아니면 식은 밥 그대로가 되도록 만들었다. 점심시간에 녀석이 까맣게 탄 도시락을 들고 와 항의를 했지만 나는 고의가 아니라 단지 실수였을 뿐이라고 해명했다. 물론 몰래 마음에 두고 있는 여자아이의 도시락은 언제나 가장 좋은 층에다 놓는 걸 잊지 않았다.

점심시간을 앞둔 4교시의 중간쯤 되면 교실은 고소한 들기름 냄새로 진동했다. 가난한 집 아이들의 도시락은 밥과 김치, 고추장이 전부였는데 엄마들이 거기에 들기름을 섞어 주었기 때문이다. 난로 위에서 도시락은 김치볶음밥으로 변해 가고 있는 중이었다. 들기름 냄새만 맡아도 배에서 꼬르륵 소리가 날 정도였다. 유리창 밖에는 마침내 대관령의 겨울을 알리는 함박눈이 펑펑 내리고 아이들은 수업이 끝나는 종소리가 나고 선생님께 인사를 하기 무섭게 난로로 달려가 자기 도시락을 찾았다. 도시락들이 모두 사라진 난로 위에는 볶은 보리알이 담긴 커다란 주전자가 다시 자리를 잡은 채 김을 솔솔 피웠다.

여자아이들과 달리 남자아이들의 도시락 비우는 속도는 엄청나게 빨랐다. 운동장에 함박눈이 내리고 있으니 빨리 점심을 먹고 나가 눈싸움을 해야 할 터였다. 옆 반에서 도전장이 들어온 것이었다. 쌀 한 톨, 반찬 한 점 남기지 않고 모두 비운 도시락을 가방 속에 넣어 놓고선 부리나케 운동장으로 달려 나갔다. 운동장엔 벌써 발목을 덮을 정도로 하얗게 눈이 쌓여 있었다. 방금 밥을 먹었기에 아이들의 기운은 넘칠 대로 넘쳐났다. 양쪽 진영이 갖추어지자마자 함성과 함께 눈싸움이 시작되었다. 주먹만 한 눈송이들이 어지럽게 허공을 가로질러 날아갔다. 상대편을 운동장 끝까지 밀고 가면 이기는 것이었다. 점심을 모두 먹은 여자아이들은 교실의 창문을 통해 구경하거나 운동장까지 나와 직접 눈을 뭉쳐서 건네주기도 했다. 밀고 밀리는 공방전이 한동안 지속되었지만 승리는 우리 반의 몫이었다. 바로 눈싸움 전문가인 나의 전략 덕분이었다. 눈싸움이 어느 정도 진행되면 미리 조직한 우리 반의 별동대는 은밀하게 교사 뒤로 돌아가 상대의 뒤편을 기습하는 방법이었는데 거의 손자병법이나 다름없었다.

눈싸움을 마치고 교실로 들어오면 모두들 난로 옆으로 모여 젖은 옷과 양말, 운동화를 말렸다. 퀴퀴한 냄새가 난다고 여자아이들이 소리쳤지만 남자아이들은 눈도 깜박하지 않고 난로 옆을 떠나지 않았다. 그러니 5교시가 시작되고 교실로 들어온 선생님이 제일 먼저 지시하는 일은 창문을 모두 열고 환기를 시키는 것이었다. 그치지 않는 함박눈이 운동장에 어지럽게 찍혀 있는 발자국들을 서서히 지워 나가는 5교시였다. 나른함을 이기지 못하

고 조금씩 내려오는 눈꺼풀의 무게와 싸우는 우리들의 5교시이
기도 했다.

　도시락 당번을 맡았던 그 겨울 내내 나는 가겟집 아들 녀석
과 계속해서 도시락을 놓고 신경전을 벌였다. 녀석이 좋아하는
여자아이와 내가 좋아하는 여자아이가 같다는 게 가장 큰 원인
이었다. 녀석이 그 여자아이에게 가게에서 가져온 과자로 끊임
없이 환심을 베풀었기에 그럴 여건이 안 되는 나로서는 화가 날
수밖에 없었다. 당시 대관령 산골에서 사는 우리들에게 과자의
인기는 대단했는데 문제는 그 과자를 사 먹을 용돈이 풍족하지
않다는 것이었다. 남자 여자 가리지 않고 아이들은 녀석이 과자
를 꺼내면 그 옆으로 다가가 조금이라도 얻어먹으려고 줄을 섰
다. 나는 한없이 고독했다. 내가 할 수 있는 일은 난로 위 녀석의
도시락을 끝까지 사지로 모는 게 전부였다. 태우거나 차가운 얼
음으로 만들거나.

　하지만 겨울방학이 끝나고 개학을 했을 때 나는 더 이상 녀
석의 도시락에 소심한 테러를 가할 수 없게 되고 말았다. 녀석이
기존의 도시락 대신 전교에서 처음으로 보온 도시락이란 걸 어
깨에 메고 왔기 때문이었다. 보온 도시락 속의 밥에선 김이 솟았
고 게다가 따스한 국까지 담겨 있었다. 나는 장작난로 위에 쌓인
도시락들 옆에서 절망했고 그렇게 한 학년이 저물어 가고 있었다.

전사

어린 시절 추석 명절이 지나가면 우리 코흘리개 사촌들이 기다리는 집안 행사가 또 하나 남아 있었다. 그것은 바로 전사였다. 전사는 음력 시월에 5대 이상의 조상에게 지내는 제사를 말하는데 다른 지역에서는 시제(時祭)라고 부른다는 것을 소설가가 되어서야 알았다. 조상들과 후손이 꿈속에서 만나는 다소 환상적인 소설을 쓴 적이 있는데 책으로 출간되기 전 교정을 보는 편집자가 전사란 낱말에 의문점을 제기했다. 강원도 사투리인 듯하니 표준어인 시제로 바꾸자는 것이었다. 당시에는 신인 소설가였던 터라 편집자의 의견을 따랐지만 기분이 편치는 않았다. 왜냐하면 조상들에게 제사를 지내러 험하고 높은 산을 올라갔던 나의 어떤 기억은 '전사'란 낱말에 담겨 있는 것이지 '시제'란 낱말이 불러오는 것은 아니었으므로.

사실 소설을 쓰면서 그런 일은 한두 번이 아니었다. 그래도 소설가라면 나름대로 국어 공부를 다른 사람들보다는 열심히 한 사람이 아니겠는가. 그런데 그게 아니었다. 첫 소설책을 내려고 준비하던 중 출판사에서 교정지가 왔는데 깜짝 놀라지 않을 수 없었다. 편집자가 내 글에 들어 있는 무수한 사투리와 비표준어에 빨간 밑줄을 긋고 의견을 물어 왔기 때문이었다. 한두 개가 아니었기에 그것을 그대로 사용할 것인가 아닌가를 결정하는 일은 쉽지 않았다. 결국 나는 나의 사투리, 비표준어, 모어(母語)를 모두 표준어로 바꿔야만 했다. 그나마 대화에 들어간 것들은 다소 살아남을 수 있었다. 이후 나는 소설을 다 쓰면 다시 사전과 인터넷을 뒤적거려야만 했다.

표준어는 일종의 도량형을 통일시킨 것과 비슷하다. 강원도의 콩 한 말이 서울의 콩 한 말과 양이 다르다면 당연히 문제가 생긴다. 한 나라의 말을 통일한 표준어는 그래서 꼭 필요한 것이다. 문제는 팔도의 여러 낱말들 중 어떤 낱말을 공정하고 공평하게 표준어로 정할 것인가에 있다. 그래야만 표준어에서 탈락한 낱말의 설움을 달래 줄 수 있는데 불행하게도 강원도 말은 거기에서 가장 큰 소외를 당하고 있다는 게 나의 개인적인 생각이다.

제목으로 붙인 나의 코흘리개 사촌들의 전사 이야기에서 너무 멀리 온 것 같다. 다시 어린 시절로 돌아가자. 나를 포함해서 나의 코흘리개 사촌들은 어린 시절 거의 대부분 한 마을에 모여 살았다. 건넛마을엔 고모 집, 윗마을에 큰댁, 작은고모 집, 작은할아버지 댁 등등이 있어서 우리 코흘리개들도 왕래가 자유로웠다. 그런 우리들이 손꼽아 기다리는 날은 당연히 맛있는 음식들을 맘껏 먹을 수 있는 명절이었다. 명절이라면 설날과 추석인데 우리 코흘리개 사촌들은 전사를 명절의 반열에 추가하는 것을 결코 반대하지 않았다.

설날의 정점이 친척 집을 방문해 맛있는 것을 먹고 세뱃돈을 받는 것이라면 추석의 핵심은 할아버지 할머니 산소에 성묘를 가는 일이었다. 문제는 산소가 그리 가깝지 않은 곳에 자리하고 있다는 점이었지만 우리들은 절대 개의치 않았다. 할아버지 산소까지는 산골짜기 길 오 리, 그리고 할머니 산소까지는 거기에서 다시 산길 오 리니 도합 십여 리 길이었다. 산골짜기 길과 산길은 엄연히 다르다. 산길은 산골짜기 길을 질러가는 길이니 가깝지만 훨씬 험하다. 그 길을 우리는 걸었다. 돌부리에 걸려 넘어지고 흔들거리는 징검돌을 밟아 개울에 빠지면서. 어느 해는 길옆의 땡삐(땅벌) 집을 건드려 성묘를 가던 친척들이 모두 꽁지가 빠져라 사방으로 흩어졌다. 나뭇가지를 꺾어 벌을 쫓아내는 소란이 가라앉자 사촌 한 명이 울기 시작했다. 벌한테 볼을 쏘였던 것이다. 사촌의 볼은 금세 퉁퉁 부어올랐다. 하지만 나의 꿋꿋한 사촌은 집으로 돌아가라는 고모의 만류에도 불구하고 끝까지 할머니 산소까지 따라왔다. 물론 목적은 오직 하나였다. 산소에 따라가야만 맛있는 것을 먹을 수 있었기에. 그렇게 산소에 도착해 돌아가신 할머니에게 절을 하고 한자리에 둥그렇게 둘러앉았을 때 음식까지 입에 들어간 사촌의 볼은 거의 축구공으로 변해 있었다. 히죽히죽 웃을 땐 마치 축구공이 웃는 것 같았다.

전사를 지내는 일은 문중이 모이는 일이기에 추석의 성묘보다 규모가 훨씬 컸다. 나의 할아버지의 아버지는 함경도 사람이었다. 그는 저 옛날 남쪽으로 내려올 때 다시 못 돌아갈 것을 예감하고 부모의 묘를 파서 뼈를 추려 등에 지고 대관령으로 왔다. 새로 묘를 쓸 자리를 물색하던 그는 후손들이 잘되라고 대관령 장군바위 아래를 선택했다. 그리고 그 옆에 오두막을 짓고 화전을 일궜다. 증조할아버지의 그 선택으로 후손들은 낯선 남쪽 땅 대관령에서 조금씩 번성하여 나의 코흘리개 사촌들 세대까지 내려왔던 것이다.

그런데 당시에는 문제가 되지 않았는데 세월이 흐르자 미처 예상하지 못한 곤란한 일들이 벌어지기 시작했다. 가세가 안정되면서부터 산소만 장군바위에 남겨 놓고 사람들은 산 아래로 내려와 살았는데 그게 문제였다. 일 년에 한 번씩 성묘를 하러 장군바위로 올라가는 일이 점점 쉽지 않게 된 거였다. 장군바위는 해발 천여 미터가 넘는 높은 산 위의 바위였기에 가고 오는 일이 거의 등산이나 다름없었다.

하지만 나의 코흘리개 사촌들은 어른들이 오지 말라 하여도 한 명도 빠지지 않고 매년 산을 올랐다. 산을 넘고 또 넘었다. 바위를 오르고 내려왔다. 제사를 지낼 짐을 잔뜩 진 어른들도 힘들어하는 산길인데 코흘리개 사촌들은 포기하지 않았다. 온몸이 땀으로 흠뻑 젖은 뒤에야 마침내 장군바위 아래 산소에 띄엄띄엄 도착했는데 그나마 시야가 탁 트였고 시원한 바람이 불어 어른들의 불만을 희석시킬 수 있었다. 우리야 오직 먹을 생각밖에 없었지만.

"묘를 산 아래로 이장하는 게 어때요?"

맨 마지막으로 헉헉거리며 산소에 올라온 친척 중 누군가 이런 말을 하면 돌아오는 문중 어른의 대답은 한결같았다.

"여기에 묘를 쓴 건 장군바위의 기운을 받아서 후손 중에 장군이 나오라는 뜻인 게야."

"……아직 한 명도 안 나왔잖아요."

"곧 나올 거야."

"장군 나오길 기다리다 후손들 고뱅이(무릎)가 남아나질 않겠어요."

다시 세월이 흐르고 또 흐르자 문제는 점점 더 심각해졌다. 문중의 어른들이 나이가 들어 가면서 장군바위에 전사 지내러 가는 게 일 중의 일이 된 것이었다. 우리 코흘리개 사촌들도 벌초를 할 나이가 되었는데 그 일 역시 쉬운 게 아니었다. 전사나 벌초에 빠지는 친척들이 늘어나기 시작했다. 어느 해는 결국 산에 올라가지 않고 산 입구에서 장군바위가 있는 곳을 바라보며 전사를 지내기도 했다.

지난해 장군바위 벌초를 마친 우리 사촌들은 말끔하게 풀을 깎은 산소 앞에 앉아 음식과 술을 나누며 어린 시절을 떠올렸다.

"그래도 그때가 제일 행복했던 시절이었어."

"나도 그래. 보통 힘든 게 아닌데도 다들 악착같이 따라갔잖아. 여기서 나눠 먹은 과자나 사탕도 엄청 맛있었지."

"우리 집안에 아직 장군이 안 나왔지?"

"여기 가난한 소설가 한 명 나왔잖아요."

"……소설가가 장군은 아니지."

마지막 벌초였다. 문중 회의 결과 산소를 없애고 대신 산 아래 문중 땅에 비석을 세우기로 결정을 내렸기 때문이다. 이제 우리 코흘리개 사촌들의 자식들은 우리처럼 산꼭대기 장군바위에 전사 지내러 가지 않아도 된다는 얘긴데 그것은 행일까, 불행일까?

전화기

　얼마 전 휴대폰을 분실한 적이 있다. 다행히 이틀 만에 휴대폰을 찾았지만 그 이틀 동안의 마음 상태는 거의 공황이었다. 휴대폰 없이는 할 수 있는 게 아무것도 없는 것만 같았다. 자그마한 휴대폰 안에 너무 많은 것들을 들여놓았다는 사실을 비로소 알아차렸다. 마치 정신에 정전이 온 듯한 기분이었다. 전화통화, 문자 수신과 발송, 카카오톡, 페이스북, 밴드, 이메일, 내비게이션, 알람, 각종 전자사전, 심심하면 둘러보곤 했던 사이트들……
어느 사이 나는 휴대폰 없이는 무엇도 할 수 없는 사람이 돼 있었던 것이다. 나를 위한 휴대폰인 줄 알았는데 정작 휴대폰에 묶인 노예나 다름없었다.

　집에 두 자리 번호의 전화기가 처음 들어온 것은 중학생 때였다. 손잡이를 돌리면 여자 교환원의 목소리가 들려왔는데 친구들과 함께 꽤 많은 장난을 쳤었다. 형들 목소리를 흉내 내 데이트를 청하다가 된통 혼이 난 적도 많았다. 그래도 우리는 그녀의 마음을 얻기 위해 계속해서 목소리를 바꾸곤 했다. 도시로 유학을 갔던 고등학교 시절엔 한 달에 한 번씩 우체국으로 찾아가 전화를 신청했다. 우체국은 시골에서 올라온 학생들로 북적거렸다. 직원이 이름을 부르고 몇 번 전화기로 들어가라고 알려 주어야만 부모님과 통화를 할 수 있었다. 그러면 시골에서 유학 온 학생들은 잠시 잊어버리고 있던 사투리를 구사하며 더 많은 생활비를 타내기 위해 가난한 부모님과 설전을 벌였다. 고향집에 전화기가 아직 없는 친구는 이웃집에 전화를 걸어 돈을 보내 달라는 말을 전해 달라고 신신당부를 하기도 했다. 아, 물론 마음씨 좋은 집주인을 둔 친구들은 주인집 전화를 쓰는 호사를 누렸지만 그런 경우는 많지 않았다. 대부분 귀찮아했으며 쓸 때마다 전화비를 받는 경우도 있었다.

시와 소설에 청춘을 걸었던 대학생 시절에도 전화기는 더러 중요할 때가 있었다. 방학이 되었는데도 고향집으로 돌아가지 않은 우리는 신춘문예에 응모할 작품을 쓰고 각각의 신문사에 보낸 뒤 친구의 자취방에 모여 초조하게 전화를 기다렸다. 우리들의 연락처는 모두 친구의 자취집 전화번호였기에 꼼짝할 수 없었다. 눈이 펄펄 날리는 크리스마스이브였다. 까닭을 알 수는 없었지만 우리는 그때 신춘문예 당선을 알리는 전화는 크리스마

스이브에 온다고 철석같이 믿고 있었다. 하지만 아무에게도 전화는 오지 않았고 하나둘 짐을 꾸려 쓸쓸하게 고향집으로 돌아갔다.

삐삐란 게 등장했다. 최초의 개인 통신 기기였지만 한밤중에 일어나 공중전화까지 달려가야만 녹음된 목소리를 청취할 수 있었다. 무전기 같은 휴대폰이 지나갔고 공중전화 인근에서만 통화가 가능한 시티폰도 나타났다가 사라졌다. 대부분 너무 비싸서 목돈이 있어야만 장만이 가능한 전화기였다. 나는 성냥갑만한 삐삐란 것을 가지고 1990년대 말까지 버티다가 마침내 휴대폰을 장만했다. 본격적인 휴대폰의 역사가 문을 연 것이다. 그리고 점점 다양하게 변신을 거듭하는 전화기를 갈아타는 동안 세월도 함께 흘러갔다.

이틀 만에 내 손으로 돌아온 휴대폰에는 아무것도 없었다. 내가 나를 찾는 부재중 전화만 서너 통 걸려 왔을 뿐이었다.

삶은 전화기 속에 들어 있지 않았다.

캠프 페이지

    내가 대관령을 떠나 춘천의 어느 고등학교로 진학했을 때 가장 이질적인 풍경은 학교 옆에 자리하고 있는 미군 부대였다. 춘천 사람들은 그곳을 너무나 익숙하게 캠프 페이지(Camp Page)라 불렀다. 심지어 코흘리개 어린아이들도.

    학교를 오가며 나는 말로만 듣던 미국 군인들을 태어나 처음으로 훔쳐보게 되었다. 외국인을 처음 보는 것이기도 했다. 또 부대 정문이 학교 근처에 있던 터라 교문만 나서면 미군들을 상대로 영업을 하는 상점들이 대다수였다. 저녁이면 문을 여는 클럽들, 양복점들, 햄버거집(1982년이었으니 지금처럼 햄버거 체인점들도 없는 시절이었다. 햄버거란 말도 처음 들었다.), 그리고 장미촌이라 불렀던 사창가 골목 입구가 건너편 인도와 붙어 있었기에 야간자율학습을 마치고 귀가하는 학교 앞 풍경은 시골에서 유학 온 촌놈에게는 참으로 기묘했다. 춘천에서 자란 동급생들은 아무렇지 않게 부대 밖으로 나온 미군들로 시끌거리는 그 알록달록한 풍경 속을 낄낄대며 지나갔지만.

    미군 부대는 우리나라 군부대와 달리 이름부터가 독특했다. 캠프 페이지는 한국전쟁 때 장진호 전투에서 공을 세운 페이지 대령의 이름을 따서 만든 부대라는 것도 아주 나중에 알았다. 그

것보다 먼저 부대가 학교와 도로 하나를 사이에 두고 있던 터라 오후 어느 시간이 되면 뜨고 착륙하는 헬리콥터 소리 때문에 수업을 하는 선생님의 목소리가 안 들릴 정도였다. 그러면 선생님은 그 소리가 멈출 때까지 기다렸고 학생들은 자습을 하며 수업이 끝날 때까지 헬기 소리가 멈추지 않기를 소원했다. 특히 수학 시간에는. 아버지가 군무원인 친구는 캠프 페이지의 미사일부대에 핵무기가 있다고 주장했는데 훗날 사실로 밝혀졌다.

하지만 우리는 미군 부대 안에 들어갈 수 없었기에 부대 밖 풍경에 훨씬 다양한 호기심을 집중하고 있었다. 꽝꽝거리는 팝송이 흘러나오는 레인보우클럽에서 비틀거리며 나오는 미군들의 손엔 어김없이 자그마한 맥주병이 들려 있었다. 그 군인의 다른 팔은 짧은 치마를 입은 한국 여자가 잡고 있었고. 지금 생각나는 이름은 레인보우클럽, 플라멩고클럽이 전부다. 그 옆 양복점의 마네킹이 입고 있는 옷은 거인이 입어야 맞을 것 같았다. 내국인들도 들어갈 수 있는 건너편 햄버거집(진아하우스)의 햄버거는 꼭 먹어 보고 싶었지만 용기가 없었다. 그리고 장미촌으로 통하는 자그마한 골목 입구. 늦은 밤이면 그 입구에 선 두서너 명의 아가씨가 지나가는 미군들의 옷자락을 붙잡았다. 어느 날 밤엔 선생님과 함께 걸어가고 있는데 그의 옷자락을 잡고 놓아주지 않아 당황해하는 모습을 본 적도 있었다. 더 어처구니없었던 일은 시골에서 올라온 같은 반 친구의 경우였다. 아무것도 몰랐던 녀석은 학교에서 가까운 곳에 자취방을 잡으려 했고 그 선택지는 장미촌 근처의 집이었다. 그런데 학교로 가는 가장 빠른 길이 장미촌 입구의 골목길이었다. 얼마 지나지 않아 교복을 입은 채 태연하게 골목길을 드나드는 녀석의 모습이 학생들과 선생님의 눈에 포착되었다. 녀석은 학생과에 끌려간 뒤에야 모든 사실을 알고 급하게 자취방을 옮겼다.

캠프 페이지에서는 많은 물건들이 부대 밖으로 암암리에 흘러나왔다. 그래서 춘천의 중앙시장 옆에는 따로 양키시장이라는 곳이 있었다. 거기에 가면 미군들이 입고 쓰고 먹는 낯선 물건들이 많았다. 당시에는 양담배를 피우면 경찰에서 단속을 했다. 양담배를 피우는 걸 누가 신고해도 잡혀가는 세상이었다. 내가 자취를 했던 주인집의 아저씨도 군무원이었는데 생활이 넉넉했던 걸로 기억한다. 그 덕분에 나도 미군들이 먹는 각종 통조림을 조금이나마 맛볼 수 있었고 다음 날이면 학교에 가 거짓말을 많이 보태 자랑했었다. 막 대학생이 되었을 땐 미군 클럽에서 음악을 맡았던 형을 알게 되었는데 그 덕분에 처음으로 클럽 구경을 할 수 있었다. 한가운데에 당구대가 있고 미군들이 바에 기대거나 서서 맥주를 마시는 풍경을. 음악에 맞춰 어깨를 흔들거리며.

고등학교 2학년이었던 1983년 어린이날 갑자기 춘천 시내에 사이렌이 울리기 시작했다. 마치 전쟁이 터지기라도 한 것처럼. 바로 중공(중국) 민항기 사건이었다. 승객을 실은 중국 민항기가 캠프 페이지에 비상착륙을 했다. 나와 친구는 한달음에 달려가 철조망 너머 활주로 끝에 착륙해 있는 민항기를 구경했다. 구경꾼들이 바글바글했다. 민항기 안에선 중국 승객들이 창을 통해 우리들을 바라보고 있었고. (이 사건을 계기로 우리나라는 훗날 중국과 외교 관계를 트게 되었다고 한다.) 활주로 끝에 멈춰 있는 민항기를 바라보며 다시 학교를 다녔고 어느 날 그 비행기가 캠프 페이지를 떠나는 모습도 보았다.

이제 미군들은 캠프 페이지를 떠났다. 부대 앞 미군들을 상대로 영업을 하던 상점들도 모두 문을 닫았다. 앞으로 그 자리엔 무엇이 들어설까…….

콩과 팥

11월은 숫자의 모양 그대로 앙상한 나뭇가지만 남아 있는 달이다. 저 나뭇가지를 덮었던 화려한 단풍은 모두 어디로 갔을까. 잎을 모두 떨어뜨린 채 겨울을 날 준비를 하는 나무들을 바라보고 있으면 마음이 숙연해진다. 지나간 시간이 보인다. 그 시간을 건너온 인생마저 보이면 어쩔 수 없이 술잔을 잡게 된다. 차한 잔을 마시게 된다. 가급적이면 한숨은 삼키려고 애를 쓴다. 잘 살아온 거야. 뜻대로 안 된 것뿐이야. 비틀거리는 마음을 다독이며 다시 11월의 나무들을 바라보고 있는데 문득 그동안 무수한 잎에 가려져 보기 힘들었던 나무들 뒤편의 풍경이 눈에 들어왔다. 술잔을 놓고 친구의 차에 실려 평창의 풍경 속으로 걸음을 옮겼다.

진부(오대산)역은 한산했다. 기차가 도착하고 떠나는 시간에만 택시들이 모여들었다가 이내 손님을 태우고 사라졌다. 동계 올림픽이 열리던 겨울 셔틀버스로 가득 찼던 역 광장엔 스산한 바람만 불고 있었다. 지금 진부역에선 강릉과 서울 방면으로 갈 수 있는 기차가 하루에 스무여 차례 정차한다. 강릉까진 17분 걸리고 청량리까진 1시간 15분가량 소요된다. 요금은 비싸지만 버스에 비해 훨씬 빠르게 목적지로 갈 수 있다. 그러나 풍경은 볼

게 없다. 산이 많은 강원도의 특성상 터널과 터널의 연속이다. 기차는 자동차처럼 험한 고갯길을 올라가고 내려갈 수 없으니까.

동계올림픽 때 진부역에서 알펜시아, 용평스키장, 횡계를 직통으로 연결한, 새로 만든 길로 들어섰다. 모두 네 개의 터널을 통과해야만 올림픽스타디움에 도착할 수 있는 길이다. 험한 산과 고랭지 비탈밭, 골짜기를 통과하는 길은 태풍의 여파로 산사태가 난 흔적이 곳곳에 보였다. 여러 원인이 있겠지만 아마도 동계올림픽에 맞추려고 급박하게 길을 닦은 게 가장 유력해 보였다. 농사철도 끝난 그 길 역시 한산하기 그지없었다. 올림픽 때문에 진부역으로 찾아온 그 많은 사람들을 실어 나르던 길이었지만 일 년이 지나기도 전에 농로로 변해 있었다. 새삼 길이란 과연 무엇일까 하는 생각을 감출 수 없었다.

횡계에 도착해 먼저 시내 풍경을 훑었다. 올림픽이 열리기 전과는 사뭇 달랐다. 상가의 간판이 깔끔하게 변했고 도로변에 아무렇게나 주차한 차량들도 찾을 수 없었으며 시야를 찌푸리게 했던 전신주와 전선도 보이지 않았다. 올림픽 이후 달라진 횡계의 모습이었다. 그러나 비수기여서 그런지 몰라도 왠지 모르게 삭막했다. 그 까닭이 무엇일까를 생각하며 올림픽광장과 스타디움으로 향했다. 삭막한 바람은 그곳에서 불어오고 있었다. 스타디움은 사라졌고 성화대만 덩그러니 홀로 남아 올림픽의 열기를 기억하려 애쓰고 있었으니…… 텅 빈 벌판을 서성대며 나 역시 평창의 겨울 잔치를 떠올리려고 머리를 계속 갸웃거렸다. 복원이냐, 존치냐를 놓고 갈등하는 정선 가리왕산 활강스키장을 떠올렸다. 알펜시아 스키점프대, 썰매 경기장까지. 답이 없는 문제를 고심하는 수험생처럼.

하지만 답이 없는 것은 아니다. 어떤 답을 고르느냐의 문제일 뿐. 모두가 떠나간 지금 평창에 누가 살고 있는가. 앞으로도 누가 그 자리를 지키는가. 진부역으로 돌아가는 길, 비탈밭 민가의 대문 없는 마당에서 노부부가 타작을 마친 뒤 콩과 팥을 나누고 있었다. 나는 그게 답이라고 본다.

콩마뎅이

옛날 우리 할머니는 아버지에게 노상 이렇게 말했다고 한다. 고개 너머에서 시집온 어머니도 가끔 같은 말을 들었다.

"눈이 크다고 눈이 아니다. 보는 게 눈이다."

할머니는 어떤 까닭으로 저 말을 입버릇처럼 아버지와 며느리에게 했을까? 아마도 산골마을에서 평생 농사를 지으며 깨달은 삶의 철학일 텐데 불행하게도 나는 할머니와 너무 일찍 헤어졌기에 아무 말도 듣지 못했다. 아, 듣기는 했겠지만 갓난아기여서 기억나는 말은 아무것도 없다. 할아버지는 할머니보다 더 먼저 이 세상을 떠나셨고. 가끔 고향집에 가서 밤늦게까지 텔레비전을 보다 보면 아버지의 잠꼬대를 듣는데 그때마다 아버지는 꿈속에서 애타게 어머니(할머니)를 부르다가 깨어났다.

"아버지, 꿈에 할머니 만났어요? 할머니가 무슨 말을 했는데요?"

하지만 아버지는 내 물음에 대답하지 않고 다시 잠을 청했다. 나는 리모컨의 단추를 눌러 채널을 바꾸는 것으로 궁금증을 달래야만 했다. 어느덧 할머니의 나이를 훌쩍 넘어선 아버지는 매번 꿈에 할머니를 만나 무슨 이야기를 듣는 것일까? 왜 그 말을 내게 전해 주지 않는 것일까…… 깊어 가는 가을밤 할 수 없이 나는 다시 술 단지를 꺼내야만 했다.

늦가을의 산골 마을은 각종 농작물을 타작하느라 바쁘다. 콩, 팥, 수수, 들깨 등등을 타작할 때 대관령에서는 보통 '마뎅이 한다'고 불렀다. 콩마뎅이, 팥마뎅이, 깨마뎅이…… 마뎅이는 그러니까 타작을 하는 장소이기도 하고 타작 자체를 지시하는 말인 것이다. 그 장소는 농작물을 심은 밭이거나 집의 마당, 아니면 텃밭이었다. 마뎅이는 더 시급한 농사일을 모두 마치고 조금 한가해졌을 때 하는 터라 벌써 서리가 몇 차례 내린 초겨울일 수도 있다. 볕이 좋은 날을 고르긴 하지만 아침저녁으론 추워서 모닥불을 피워야 할 정도다. 마뎅이를 하다가도 일이 생기면 언제든지 천막으로 덮어 놓았다가 다시 시간이 나면 펼쳤는데 그게 바로 잡곡(雜穀)의 운명이다.

논보다 비알밭이 압도적으로 많은 강원도 산골은 예전엔 잡곡 재배가 대세였지만 고랭지 채소에 밀려 그 힘을 잃어버린 지 오래되었다. 다른 잡곡들은 거의 사라져 가고 그나마 활용도가 많은 콩 정도가 명맥을 유지하고 있는 게 현실이다. 그것도 밭이 아니라 밭둑에서 더부살이로 살아가고 있는 실정이다. 언젠가 나는 그 불쌍한 콩에 대한 소설을 쓴 적이 있다.

'콩의 종류는 다양하다. 그중 집에서 가장 많이 심는 것은 노란 메주콩과 검은콩이다. 나머지는 강낭콩 종류다. 사실 나는 집에서 재배하는 콩의 종류에 대해 잘 알지 못한다. 다른 작물에 비해 비슷한 품종들이 많기 때문이기도 하고 부모님이 부르는 콩의 이름과 바깥의 이름이 전혀 다른 경우도 많았다. 사전이나 농작물 관련 책들을 들여다보면 더 혼란스러워지기만 했다. 그 혼란스러움의 중심에 각종 강낭콩과 완두콩이 자리하고 있었다. 팥이 콩인지 아닌지는 여전히 아리송하다. 땅콩은 그냥 뒤에 콩 자(字)가 붙어 있어서 콩이라 여겼다. 사람 키보다 큰 섶이나 줄을 타고 올라가는 마당가의 덩굴콩은 그저 콩노굿이 예뻐서 꽃이 피었을 때면 한참 바라보는 게 전부였다. 다른 작물에 비해 왜 그렇게 다양한 모양과 이름, 용도의 콩들이 존재하는지 곰곰생각해 볼 겨를도 없었다. 대단하지도 않은 그깟 콩의 종류에 몰두하느니 차라리 술잔을 기울이는 게 나아 보였다.'

사실 콩은 흙에서 자라는 동안은 다른 작물들보다 눈에 띄지 않았다. 차라리 식탁에서 더 존재감을 발휘했다. 우리 집의 경우를 볼 때 콩은 식탁의 제왕이었다. 콩으로 만든 된장은 없어서는 안 될 음식이다. 등이 조금씩 시려 오는 늦가을 배추를 넣고 끓인 된장국의 따스함과 시원함은 결코 잊을 수 없는 맛이다. 다른 반찬이 없어도 밥 한 그릇 넣고 말아 먹으면 배 속과 마음이 모두 넉넉해진다. 폭설이 그친 겨울날 마당의 아궁이에 불을 지피고 온 가족이 모여 해 먹는 두부는 또 어떠한가. 김이 모락모락 피어나는, 갓 만든 두부에 양념간장을 얹어 한 입 베어 먹으면 그 고소함에 절로 입이 벌어진다. 그 두부로 만들어 먹을 수 있는 음식은 또 얼마나 다양한가. 들기름에 지져 먹는 두부구이, 두부조림, 분필 크기로 썰어 넣어 끓여 먹는 된장국, 그리고 경험해 보진 못했지만 교도소에 갔다 나오면 먹는다는 그 모두부까지. 콩의 전설은 여기에서 끝나지 않는다.

겨울이 깊어 가고 반찬거리가 떨어질 때쯤이면 엄마는 시루에다 콩나물을 길렀다. 하루 두어 번 물을 주면 콩나물은 무럭무럭 자랐다. 그 콩나물로 엄마는 각종 반찬을 만들었다. 무치고, 국을 끓이고, 그리고 콩나물밥까지 했다. 콩의 전설은 멈추지 않는다. 콩자반, 콩밥, 콩갱이(콩국), 발효시킨 메주로 만든 청국장, 콩떡, 콩국수……

아버지는 겨울날 눈이 많이 내리면 콩알에 자그마한 구멍을 뚫어 그 안에 싸이나(청산가리)를 넣고 — 당연히 불법이므로 요즘은 하지 않는다 — 꿩 사냥을 했다. 그 콩을 먹은 꿩은 얼마 이동하지 못하고 눈밭에 떨어진다. 어린 시절 우리는 그 콩을 먹은 꿩으로 꿩만둣국을 끓여 먹었다. 비릿한 맛이 일품이었다. 내가 좋아하는 콩 요리는 두 가지다. 콩이 여물기 전 콩 줄기째 소여물을 끓이는 가마에 넣고 삶아 콩깍지를 발라낸 뒤 먹는 콩과 겨울밤 화로 위에 프라이팬을 올려놓고 튀겨 먹는 콩이 바로 그것이다. 앞의 것은 버강지(아궁이) 앞이고 뒤의 것은 함박눈이 내리는 깊은 밤 화로 앞이다. 그 콩을 먹으며 나는 조금씩 외롭고, 낮고, 가난한 소설가가 되었다.

'콩깍지 속의 콩이 단단하게 여물어 가는 늦가을이었다. 아버지는 잘 말린 콩짚을 마당에 골고루 펴 놓고 도리깨질을 했다. 어머니와 내가 하는 일은 콩을 묶은 단을 나르거나 도리깨로 한 번 턴 콩짚을 단단한 물푸레나무로 다시 터는 일이었다. 볕 좋은 가을날 아버지가 도리깻장부를 휘두를 때마다 도리깨 소리가 윙윙 울렸다. 도리깨꼭지에 매달린 세 가닥의 휘추리가 마른 콩대를 때릴 때마다 사방으로 노란 콩알들이 혼비백산 튀어 나갔다. 나도 해 보겠다고 우겼지만, 도리깨질은 아무나 하는 건 줄 아냐며 번번이 무시당했다. 그저 꺼끌꺼끌한 콩 단이나 부지런히 안아서 날라야만 했다. 나는 공산당이 싫어요. 나는 콩사탕이 싫어요! 나는 콩사탕이 정말 싫어요! 나직하게 중얼거리며. 나는 콩깍지에서 튀어나오는 콩알에 온몸을 가격당하며 기회를 노리고 있었는데 동네 아저씨의 방문으로 마침내 벽에 기대 놓은 도리깨로 슬금슬금 다가갈 수 있었다. 도리깨는 생각보다 무거웠다. 저편에서 술을 마시는 아버지와 아저씨가 비웃는 소리가 들렸다. 나는 장검의 손잡이처럼 두툼한 도리깻장부를 두 손으로 잡고 몇 번의 탄력을 이용해 힘차게 휘둘렀다. 그러나 뒤편에서 원을 그리며 날아온 휘추리는 정확하게 내 뒤통수를 후려갈겼다. 아이고! 사방으로 콩알이 튀어 나가는 게 아니라 눈알이 빠져나올 지경이었다.'

이렇게 늦가을의 콩마뎅이가 얼추 끝나면 여섯 시가 되지도 않았는데 벌써 어둑어둑해졌다. 아버지와 엄마가 마뎅이를 마친 콩을 자루에 담을 때 어린 우리들은 마당에 깔아 놓은 멍석 밖으로 달아난 콩을 일일이 주워야 했다. 콩을 줍는 일은 생각처럼 쉽지 않았다. 어두워져서 잘 보이지 않았고 날이 추워지면서 점점 손가락이 곱아 오기 시작했다. 더군다나 화단 속으로 들어간 콩은 자그마한 돌과 자주 혼동을 불러일으켰다. 어느 게 콩인지 돌인지 헛갈리기 일쑤였다. 다음 날 싸리나무로 엮은 소쿠리 안에 무엇이 많이 들었는지 확인할 필요조차 없었다. 나중엔 콩을 집으려 해도 곱은 손가락이 움직이지 않을 정도였다. 그렇게 내 어린 시절의 어느 늦가을 저녁은 보이지 않는 콩을 줍다가 저물어 갔다.

요즘도 고향집에 가서 하룻밤 머무는 날이면 아버지와 어머니는 아홉 시 뉴스가 끝나기도 전에 곤한 잠을 청한다. 나도 술 한잔 마시고 벽에 기대앉아 텔레비전의 리모컨을 만지작거린다. 아무리 채널을 돌리지만 결국엔 〈나는 자연인이다〉에 돌아와 멈춘다. 아버지는 변함없이 잠을 자다 꿈을 꾸고 그 꿈의 마지막쯤이 되면 어머니(나의 할머니)를 간절하게 부르다가 깨어난다. 나는 아버지에게 묻는다.

"아버지, 할머니가 꿈에 뭐라 그러셨는데요?"

"눈이 크다고 눈이 아니다. 보는 게 눈이다."

아버지 대신 할머니가 대답을 하신다. 그러면 나는 잠시 고민하다가 입을 연다.

"할머니, 그래도 저물녘 콩 줍는 일은 정말 싫었어요."

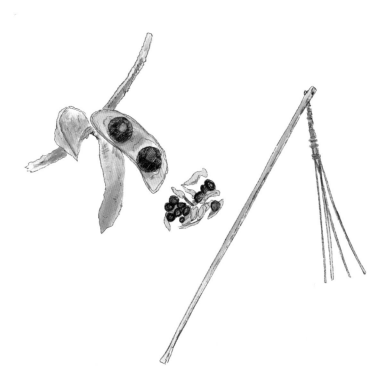

* * *

강원도 마음사전

2022년 11월 30일 1판 1쇄 펴냄
2023년 5월 31일 1판 2쇄 펴냄

지은이	김도연
펴낸이	김성규
편집	김안녕 김도현 김채현
디자인	신아영
그림	김동선
펴낸곳	걷는사람
주소	서울특별시 마포구 월드컵로 16길 51 서교자이빌 304호
전화	02 323 2602
팩스	02 323 2603
등록	2016년 11월 18일 제25100-2016-000083호
ISBN	979-11-92333-41-0
	979-11-89128-13-5 [04800] 세트

* 이 도서는 한국출판문화산업진흥원의 '2022년 우수출판콘텐츠 제작 지원'
사업 선정작입니다.